묘법연화

妙法蓮花

만행승의 구도소설

묘법연화
妙法蓮花

김한창 소설집

원차종성변법계 願此鐘聲便法界

(원컨대 이 종소리가 법계에 두루하여)

철위암실개명 鐵圍幽暗悉皆明

(철위 산에 둘러쌓인 깊고 어두운 무간지옥 밝아지고)

삼도이고파도산 三途離苦波刀山

(지옥, 아귀, 축생의 고통을 여의고 도산지옥도 모두 부서져)

일체중생성정각 一切衆生成正覺

(모든 중생 깨닫게 되어지이다.)

범종 울리면

꿀꺽

자정고비 한입에 삼킨

대숲바람소리

문종성번뇌단 聞鍾聲 煩惱斷

이지옥출삼계 離地獄 出三界

원성불도중생 願成佛度衆生

대천계삼라만상 지혜의 눈을 뜬다

어둠에 매달려 울던 별빛

산맥등골 송주소리

출세간出世間에서 본 세간世間

다른 세상 아닌 한 우주더라.

*

  좌 천룡 우 백호 청산 가지마라

  뜬구름 사라지고 겨울 또 온 것처럼

  오간 곳 모르게 가지 말고 게 있어라

  바랑 메고 행전 둘러 길 떠나 가는 것은

  다시 옴의 시작이라 청산 게 있으면

  나 또한 있으리라.

산사를 뒤돌아보며 나는 이렇게 만행 길을 떠났다.

2019, 8월 저자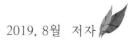

■■■ 차례

1

월락남방금송비

月落南方錦松悲

노스님의 사상은 변함없었다. 그리고 금송수좌의 친견은 곧 자신의 열반이었다. 자신을 불살라 죽심선근竹心禪根의 법통 法統을 이어가는 금산문중錦山門中의 손상좌, 금송수좌를 죽음으로 지켰다.

1

월락남방금송비
月落南方錦松悲

"왜 하필, 대승사大僧寺를 들어가신다는 말씀입니까?"
영사는 극히 부정적이었다.

"노스님을 찾아뵈려는 것입니다."

"조총련사찰이어서 곤란합니다."

"만약의 경우를 생각해 영사관에 알리는 것입니다. 그분은
속세로 보면 할아버지와 같은 저의 노스님일 뿐입니다. 승가
문중에서 손자가 할아버지를 찾아뵈려고 하는 것뿐입니다."

"그래도 그렇지요. 임수경과 문규현 신부가 방북하는 통에
나라가 시끄럽지 않습니까? 시기가 좋지 않습니다. 이런 상
황에 만약 조총련이나 북측사람들에게 납치라도 된다면 어떻

게 하시겠습니까?"

금송수좌錦松首座가 일본 고베神戶의 대승사 노스님을 굳이 친견하려한 것은 은사스님의 간곡한 바람이 있었기 때문이다.

국내만행 끝에 일본나가노長野 현縣, 이이다飯田 대웅선사大雄禪寺에서 한철을 나고자 하안거夏安居 방부房付를 청한 것이 승인이 되어 떠나는 길에, 인사차 은사스님인 일봉대종사一鳳大宗師를 친견하자 말씀하셨다.

"만행과 참선으로 그만큼 수행을 하였으면 되었지, 일본까지 간다는 게냐. 그만하면 되었으니 이제 만행을 끝내고 총무원으로 들어가 삼직三職(총무국. 재무국. 교무국) 소임하나 보면서 좀 편히 안거하거라."

"아닙니다. 일본대웅선사에서 한철을 나는 것은 선객 최상의 바람이 아니겠습니까! 기왕지사 대웅선사에서 허락을 내렸으니 다녀오겠습니다."

"그럼, 가거든 대승사 노스님을 꼭 찾아뵙고 오너라. 내 은사스님이니 너에게는 할아버지가 된다. 대종사大宗師로서 당호堂號는 월자月字 천자天字니라."

금송수좌는 묻지 않아도 월천月天이라는 노스님의 당호에 법력이 얼마나 대단한가를 바로 느낄 수 있었다. 월천이란 바라문교에서 달을 신격화한 것으로 월천자月天子, 또는 보길상

천자寶吉祥天子라고도 말하는 것으로, 불교에 들어와서는 十二天의 하나로 범상하지 않고서는 쉽게 붙여주지 않는 당호였다.

"그럼, 금산錦山문중이 아니십니까? 쌍계사에서 많은 제자들을 기르셨고, 이제 손자뻘이 되는 제자들도 많고 명성이 자자한데 한국에는 왜 한 번도 오시지 않았습니까?"

"사상이 다른 아들하나가 세속에 있었던 모양인데 평양고위당원이었어, 그런데 어떻게 여기를 들어오겠느냐, 본의 아니게 조총련사람이 된 거지, 그렇지만 승가문중일이니만큼 사상을 의식하지 말고, 꼭 친견을 하고 이곳 제자들의 소식도 전하고 스님의 마음도 읽어오너라. 진즉 그곳에 계시는걸 알았지만, 사상문제가 벽이 되어 서로 만나지를 못했어, 평양의 아들이 죽었다는 말을 들은 적이 있는데, 그런데도 사상전향에 뜻이 없는 모양이구나. 여하튼 열반 하실 나이가 되었으니 입적하시기 전에 승가문중의 손자를 본다면 얼마나 좋아하시겠느냐."

하였던 것이다.

먼저 찾은 나가노 현, 이이다 대웅선사大雄禪寺 대가람은 장엄했다. 일본특유의 정원수가 경내의 품위를 격상시켰고, 앞은 자세로 온몸에 기름을 바르고 광목으로 휘감은 육신덩어리를 불태워, 등신불等身佛이 된 고명한 선사禪師의 추앙받는 불상이 따로 모셔진 대웅전은 특별한 날이 아니면 문이 열리지 않는다.

무더위가 막 시작되는 우기雨氣에 참선으로 여름한 철을 용맹정진하려는 바랑을 멘 많은 운수납자雲水納子들이 선사로 몰려들었다. 금송수좌가 방부를 붙이고 나자 대웅선사 방장 행자方丈行者는,

"납자께서는 일본불교의 아버지나라에서 오셨습니다. 수계 후 참선과 만행으로만 수행을 하셨고, 안거성만安居成滿이 스무여 차례나 되어서 승인이 되었습니다. 또 이 도량을 어떻게 아셨는지 모르지만 이곳에 안거방부安居房付를 청한 한국의 선객禪客은 자고이래 없었습니다."

하고 말했다.

대웅선사에서 금송수좌의 등장은 그들에게 그렇게 경이와 관심의 대상이 되었다. 그것은 일본불교에서 한국불교는 일본불교의 아버지와 같다는 역사적 논리에서였다. 그런 만큼 그는 더더욱 그들과 면모가 다른 용맹정진의 자세를 보여야만 했고, 그들 스스로 인정하는 불교의 아버지나라에서 온 만큼의 정진 자세와 품위를 지켜야만 했다.

일본불교의 의식이나 염불 등 그 형식은 크게 다르지 않았다.

다만 다른 게 있다면, 그곳의 기후관계로 하안거가 보름 빠르게 5월에 시작된다는 것과, 같은 반야심경일지라도 언어의 차이가 났을 뿐, 예불 등 염불의 형식은 같았다. 목탁에 있어서는 손에 들지 않고 큰 목탁이므로 받침방석에 놓고 두드리는 차이였다. 범종에 있어서는 매달아 놓고 울리는 범종이 아니라 가벼운 청동으로 받침대에 올려놓은 형태로, 예불이나 의식을 할 때 울리는 차이가 있었다. 또 안거 후 선객들에게 보수를 지급하는 형식마저 우리와 다를 바 없었다.

기승을 부리는 무더위 속에 하안거를 마친 금송수좌는 신칸센에 몸을 싣고 오사카에서 내린 후, 택시를 타고 가까운 고베의 대승사를 찾아간 것이다. 본래 산상의 사찰이 도심확대로 가옥들이 가깝게 들어차 있었지만, 오대불법五臺佛法을 능히 설說할 수 있는 적멸보궁의 위용과 자태로 수목 속에 휩싸여 수 천 년 역사를 증명하고 있었다.

그러나 그는 경내로 들어서기 전 발길을 다시 돌려야만했다. 평양으로 들어간 임수경이 북한인민들에게 환영받는 대형 포스터와, 북한의 상투적인 구호가 나붙은 입구 벽보판이 눈에 띄었던 것이다. 더욱이 남북한 냉전상황에서 조총련사찰에 조총련사람인 노스님을 친견한다는 자체가 금송수좌의 발목을 머뭇거리게 한 것이다. 하지만 은사스님의 간곡한 바람이 생각키워졌으므로 발길을 돌리도록 만은 하지 않았다. 방법을 찾아낸 것이 만약의 사태를 대비해, 일단 오사카영사관에 알려 놓고 대승사를 들어간다는 계획으로 영사관을 찾아왔던 것이다. 영사는 부정적인 인식을 조금도 재고하지 않고 있었다.

"스님, 위험이 뒤따를지 모르는데 안전을 보장할 수 없습니다. 그냥 귀국하시는 게……."

"아닙니다. 순수한 마음이니 만큼 노스님을 꼭 친견하고 돌아가야 하겠습니다. 염려하시는 일이 생기지 않도록 주의를 하지요."

그러자 그는 골똘한 생각 끝에 다시 말했다.

"좋습니다. 꼭 그러시다면 대승사에 들어가시되 만약 무슨 일이 생기거든 곧 바로 전화를 주십시오. 아니, 이틀에 한번쯤 영사관에 연락을 주셔야 합니다."

"그렇게 하지요."

이렇게 영사의 허락을 득하고서야 다시 고베로 돌아와 비로소 대승사경내로 들어갈 수 있었다. 몇몇 불자들이 지장전에서 나오고 있었다. 승복형식이 다른 금송수좌의 모습을 바라보는 표정과, 그들에게 합장을 받으며 요사체를 거쳐 월천당

月天堂휘호가 나붙은 일본전통기와 건물 앞으로 다가갔다.

노스님의 별채였다. 8월 중순이 막 지난 늦더위를 놓치지 않으려는 매미 떼가 최악의 발악으로 울어대고 있었다.

정교한 대나무가지 살대로 짜여진 대발안쪽 대청마루에서, 아마 노스님의 시봉상좌로 보이는 젊은 수좌가 지필묵을 펼쳐 놓고 서예를 익히고 있었다.

금송수좌는 합장을 하고,

"소승, 대종사께 친견차 방부 청합니다."

하고 말하자, 붓을 든 채 대발을 한손으로 젖히며 얼굴을 내밀었다. 그 역시 승려복장이 자신들과 다른 것에 의문의 표정을 짓고 합장으로 맞이했다. 지필묵을 요구하자 필묵을 가까이 당겨놓으며 4/1로 잘라진 화선지한 장을 펼쳐놓았다.

금송수좌는 먹물을 찍어, '월천대종사친견망금산문중금송손수좌래(月天大宗師親見望錦山門中錦松孫首座來)'라고 한자로 써 주었다. 금산문중의 손자 금송수좌가 월천대종사 친견을 왔노라는 내용이었다. 그러자 그가 '하이-.'라고 짧게 말하고 안으로 들어간 뒤 경이의 표정으로 다시 나온 것은, 고령의 월천대종사月天大宗師 노스님이었다.

허락이 떨어지면 마땅히 먼저 들어가 문안을 드려야 했지만, 긴 세월동안 잊고 있었던 쌍계사 금산문중錦山門中이라는 글귀에 놀랐던지, 노구를 일으켜 친히 나온 것이다. 빛나는 눈빛은 몸에 밴 그가 지닌 선근禪根의 위세와 무게를 의미하고 있었다.

"쌍계사 금산문중이더냐?"

결코, 믿어지지 않는다는 표정이었다.

"네, 스님, 일자一字, 봉자鳳字 종사님이 은사십니다."

"뭐라? 그래? 어서 들어오너라."

예를 갖춰 바랑 속 법의法衣를 꺼내어 걸쳐 입고, 넙죽 오체투지五體投地를 던지는 금송수좌의 삼배를 노스님은 좌선과 심오한 합장의 자세로 엄숙하게 받았다.

벽처럼 조용하고 심오한 표정과 엄숙함은 그가 지닌 축척된 선근禪根의 무게와도 같았고, 문중 손을 상봉하는 벅찬 감회였다. 그러더니 그는 좌선과 합장의 자세를 풀지않고 유지한 채, 허리를 펴지 않은 마지막 올리는 삼배의 오체五體위에 날카롭고 의미심장한 7언 절구 선문禪-問 하나를 던졌다.

"할- 월락남방금송비月落南方錦松悲!"

훅! 찰나에 던진 선문의 뜻을 알아차린 금송수좌는 일순당황했다. 즉, '달이 목숨을 다하니 남쪽의 잎 굵은 소나무가 슬피 운다.'는 벼락같은 선문에 답을 해야만 했던것이다.

당황한 금송수좌는 흐르는 이마의 땀을 의식하며 얼른 선문에 답했다.

"일락서산월출동日落西山月出東!"

엎드린 오체를 일으키며 찰나처럼 빠르게 '해는 서산으로 지고 달은 동쪽에서 떠야합니다.'라고 일 추도 어긋나지 않는 선답을 던지자,

"오호라……금산문중 손孫이 틀림없구나."

무릎을 탁,치며 반겼다. 금산문중 전통으로 이어지는 금송수좌의 죽심선근竹心禪根을 바로 본 것이다. 그 제서야 노스님과 사문沙門의 문중으로서 말문이 트이기 시작했다. 금송수좌의 대승사생활이 시작된 것이다.

밤이면 종사의 방에서 찻상을 사이에 두고 삼경이 지나도록 고향제자들의 소식을 물었고, 노스님의 가슴 속에 묻힌 내면의 뜨거운 눈물도 느꼈다. 그러나 노스님의 '달이 목숨을 다하니 남쪽의 잎 굵은 소나무가 슬피 운다.'는 선문의 불길한 의미는, 금송수좌의 뇌리에 달라붙은 화두話頭(덧말:화두)가 되어 뇌리 밖을 조금도 떠나지 않았다. 선문대로라면 분명 월락月落은 자신의 지칭이요, 남방금송南方錦松은 금송수좌 자신의 눈물을 지칭하는 것에 다름 아니므로, 일만근一萬斤에 버금가는 무게를 지닌 무거운 화두話頭로 다가선 것이다.

월천대종사月天大宗師, 여하튼 그는 쌍계사에서 길러낸 자신의 많은 제자들과, 불가佛家에서 갖는 문중의 많은 도반들을 그리워하는 사상이전의 인간적 그리움이 내재되어 있었다. 더우기, 조총련계사찰에 몸담고 있는 자신에게 위험을 무릅쓰고 나타난 손상좌인 금송수좌의 등장은 가슴 뭉클한 감회를 던져주었고. 그런만큼 사상문제를 가지고 어떤 논제도 금송수좌에게 던지지 않았다.

금송수좌 역시 그것을 염두에 두지 않았고, 승가문중의 할아버지와 손자라는 관계이상 염두에 두지 않아도 된다는 것을 퍽 다행스럽게 생각하고 있었다. 다만 언어에 있어 그는, 북조선, 남조선, 동포라는 말을 썼고 북한식 동포애라는 말을 강조하는 정도였다. 그러나 대승사의 내면에 숨겨진 허울도 금송은 발견할 수 있었다. 물론, 노스님의 자의는 아닐 테지만, 어쩌면 사찰의 모든 것들이 북조선을 선전하는 하나의 장場으로 이용되고 있는 양상이었다.

왜냐면, 넓은 경내 모든 건물에 붙어있는 종무소와 대중방이며, 객승이 거처하는 크고 작은 방에는 일률적으로 인공기와 김일성의 편액이 걸려있으며, 서재에는 불교의 경전보다도 많은 북한서적들이 빼곡하게 꽂혀 있었기 때문에, 방안에 들면 절간 방이 아닌 마치 북한가정의 방안에 들어가 있는 착각을 갖도록 하고 있었던 것이다.

그 중, 고려연방제에 대한 두터운 서적도 눈에 띄었다. 또 달리, 주종을 이루는 서적으로 82쪽 분량의「인민의 염원을 지니시고」그리고 205쪽 환양장표지의「세기와 더불어」등, 김일성어록으로 분류되는 표지서체는 모두 금박을 입힐 정도로 그들에게는 소중히 다루는 책이었다.

그런 가운데 사상적으로 경계하지 않으면 안 되는 일이 싹을 티우고 있었다. 말쑥하게 신사복을 차려입은 자들이 들락거리기 시작했고, 조총련 박 부장이라는, 아마 대승사를 사상편리적으로 운영을 주관하는 듯 한 사람을 소개 받으면서, 마음의 경계를 가져야만 했다.

대종사께서 말씀하셨다.

"우리 동포니라. 함께 나가서 이곳저곳 구경도 하고 오너라."

조총련사람과의 외출이 썩 내키지는 않았지만 노스님이 권하는 만큼 그들 따라 고베의 여러 곳을 방문했다. 그도 역시 동포라는 말을 썼지만 동무라는 말은 쓰지 않았다.

"오늘은 우리 동포가 운영하는 식당에 가서 점심을 듭시다."

라든가, 시가를 거닐면서,

"이 일대는 우리 동포들이 집단으로 살고 있는 곳입니다. 김정일의 영도아래 모두 잘 살고 있습니다."

라고 소개를 했고, 어느 곳에 가서는 6,25 동란 후 피난민촌을 연상하게 하는 허름한 집단판자촌을 가리키며,

"저곳은 거류민단동포들이 어렵게 사는 곳입니다. 통일이
되면 모두 잘살게 할 수 있습니다."

하며 은근히 그들의 동포애가 남다른 양, 북한체제를 선전
했다. 북한에 대한 선전농도는 시간이 갈수록 의도적으로 깊
어져 갔다. 그렇게 그가 깊숙이 접근해 올수록 노스님이 던진
선문은 분명 어떤 결과를 의미하는 의문의 화두로 작용하고
있었다.

'월락남방금송비月落南方錦松悲 ……'

그는 또,

"고려연방제를 알고 계십니까?"

" …… "

"고려연방제를 우리는 찬양합니다. 고려연방제란 양쪽의 체
제를 그대로 두고 북조선과 남조선이 통일을 하자는 것인데,
남조선은 받아들이지 않고 있습니다. 지금 남조선에서 평양으
로 들어와 인민들의 환영을 받고 있는 임수경과 문규현신부가
왜 그런지 아십니까? 스님생각은 어떠십니까?"

"이런 문제를 논하고 싶지 않습니다. 난 다만, 문중 노스님
을 뵈러 온 것 뿐이외다."

그가 말하는 고려연방제란, 먼저 북한이 말하는 고려민주연

방공화국통일방안(高麗民主聯邦共和國統一方案-고려연방제)으로 우리가 말하는 연방제의 차이는 엄격히 다르다.

고려연방제는 북한은 1980년 10월10일 조선노동당 제6차 당 대회를 통해 북한이 제시한 남북한통일방안이다. 핵심적인 내용은 〈북과 남이 상대방에 존재하는 사상과 제도를 그대로 인정하는 기초위에서 북과 남이 동등하게 참가하는 민족통일정부를 세우고, 그 밑에서 북과 남이 같은 권한과 의무를 지며 각각 지역자치제를 실시하는 연방공화국을 창립하여 조국통일〉을 하자는 것이다. 더 깊게 들어가면 고려민주연방공화국이 통일국가로서 시행해야 할 3대원칙과 10대 시정방침을 기본정책으로 제시하고 있다.

이러한 점에 대하여 우리 측은, 한민족공동체통일방안韓民族共同體統一方案을 제시하였는데 이는 1989년 9월11일 노태우대통령의 국회연설을 통하여 발표된 제6공화국정부 통일방안과, 1982년 발표된 민족화합민족민주통일방안을 보강한 것으로 여기에서 열거할 필요는 없지만, 자주·평화·민주 등 3대원칙 아래 과도체제인 남북연합을 실현시키기 위한 민족공동체헌장 채택단계와 남북연합단계를 거쳐 통일민주공화국 실현단계로 나아간다는 3단계 통일방안을 제시하고 있는 것으로, 앞서 말했지만 우리가 말하는 연방제의 차이는 분명 다르다는 것이다.

금송수좌는 있는 동안 노스님을 시봉하고자 가능한 종사의 곁을 떠나지 않으려 노력했다. 그것은 매일 대승사에 나타나는 박 부장의 사상논쟁을 피하려는 방편도 되었다. 그러나 근래 들어 뻔질나게 드나드는 횟수가 잦아진 북측사람들의 수상기는, 언제라도 귀국이 가능한 오픈된 항공권을 소유한 금송수좌의 귀국일정을 앞당기는 빌미를 제공했다. 그런 나머지 서둘러 예약한 귀국일정은 삼일을 남겨두고 있었다.

이것을 알게 된 모양인지 그들의 수상쩍은 행동은 빠르게 진척되어 있었다.

경내 수목그늘 속에 종일 울어대던 매미 떼 울음소리는 작열하던 태양이 숨을 거두어야만 잦아들었다. 차수茶水 내리는 소리가 여름밤 삼경, 적막의 허리를 가로지른다.

'월락남방금송비月落南方錦松悲······'

노스님이 던진 선문화두禪問話頭 속을 헤매며 차를 즐기는 깊은 야밤에, 박 부장이 얼마 전 다녀갔던 리 형구라는 작자와 전에 없는 은밀한 태도와 예사롭지 않은 자태로 방에 들었다. 그들이 갑자기 들어오자 금송수좌는 일순 긴장했다.

때 아닌 깊은 야밤에 헛기침도 없이 화들짝 방문을 열고 들어왔기 때문에, 의심의 여지를 두고 오사카영사가 염려하는 그들에 의한 납치의 공포적인 상황이 닥치지 않는가, 하는 상황을 간과할 수 없기 때문이었던 것이다. 그러나 애써 태연한 자세로 차를 권했지만 엉덩이를 붙이자마자 리 형구가 주변을 경계하는 눈초리와, 북한 사투리로 아주 조용하고 나지막한 뼈대 있는 어투로 입을 떼었다.

"지금 우리가 스님을 모시려 합네다."

"!"

'훅!' 금송수좌가 입안엣 소리로 비명을 지르며 코앞에 닥친 리 형구의 납치의사를 비로소 느끼는 일순간의 전율속에, 한줄기 땀줄기가 등골을 타고 주르르 흘러내렸다.

거기에 눈에 띄지 않던 김일성 뱃지마저 그의 가슴에 붙어 있었다. 내심 흥분된 그는 석양에 염소 떼를 몰 듯 빠른 말로 몰아붙였다.

"바통바통(우리말의 빨리빨리) 우리 동포들이 김일성수령의 영도아래 통일이 되어야 합네다."

"!"

"지금 임수경이 평양에서 통일을 위해 인민들의 환영 속에 묻혀 지내고 있습네다. 거기에 남조선 천주교정의구현사제단 문규현 신부까지 합세하여 통일운동을 불사르고 있는데, 스님께서 저와 평양으로 들어가 조국통일운동에 합세 한다면, 스님은 우리 인민공화국영웅이 될 것입네다. 그 뿐이겠습네까? 남조선의 모든 스님네와 불자들을 통일전선에 앞세워 이끌어가는 통일조선의 큰스님으로, 우리 인민공화국이 환영할 것입네다."

본격적인 납치공작을 작심한 리 형구의 긴장된 눈초리와 억센 북한사투리가, 천만근 무쇠덩어리가 되어 여지없이 가슴을 짓눌렀다.

그러니까, 지금이라도 순순히 수락을 한다면 모든 준비가 되어있다는 어투는, 자칫 위험을 무릅쓰고서라도 분명한 태도를 보이지 않고 그의 공작에 휘말릴 경우, 아마 날이 새고 나면 납치된 몸으로 중국을 거쳐 평양에 가있을지 모를 신변의 위기가 닥쳤다. 그들은 임수경과 문규현 신부의 방북을 가지고 그것을 무기로 최대한 대북선전에 이용하고 있었다.

임수경과 문규현 신부의 대형 환영포스터는 일본전역 조총련은 물론 거류민단 한인사회를 대대적으로 휩쓸고 있었다.

'통일의 꽃 임수경, 남과 북을 흔들다.'라는 제하의 임수경은 1986년 6월30일 당시 22세의 한국외국어대 4학년 학생으로 평양순안공항에 첫발을 내딛었다. 그녀는 평양공항 도착의 일성으로,

"백만학도 여러분 전대협이 평양에 도착했습니다."

라고 선언했다. 그녀는 6월21일 도쿄와 베를린 베이징을 거쳐 열흘 만에 평양에 도착한 것이다.

그녀는 그해 7월21일부터 평양에서 열리는 제 13차 세계청년학생축전에 남한의 전대협대표 자격으로 참가한 것으로 전대협은 이미 88년 12월 대한적십자사를 통해 북한의 조선학생위원회로부터 초청장을 받고 이듬에 1월 수락의사를 밝혔다.

정부는 한때 학생들의 축전참가를 허용할 듯 하였지만 최종적으로 불허했다. 그러나 전대협은 이미 핵심지도부에서 정부의 불허방침에도 불구하고 평양축전에 참가한다는 방침을 정해 놓은 상태여서 축전에 참가할 적임자를 물색하던 중 임수경을 선택한 것이다.

당시, 그의 방북은 임종석 전대협의장을 비롯해 전문환 평양축전준비위원장, 박종렬 평양축전준비위 정책위원등이 물밑에서 복수의 후보자를 준비한 상태여서, 여러 가지 주변상황과 개인의 준비조건 등을 고려해서 결정한 것으로 이 과정에서 내부적으로 심각한 노선투쟁이 벌어지기도 했다.

이해 초, 현대중공업노동자들의 골리앗 농성 등 생존권투쟁에 대한 정부의 탄압이 심해지면서 불법적인 북한방문은 공안정국의 빌미만 제공한다는 주장이 일각에서 제기 되기도

했다. 임종석 전대협의장은,

"방북과정에서 민주화운동과 민중생존권투쟁에 상대적으로 악영향을 끼칠 것에 대한 내부적 검토가 있었다."

면서, 하지만 통일운동의 한 단계 진전과 대중화를 위해서는 불가피한 선택이었다고 말했다. 임수경의 방북은 남과 북에 엄청난 파장을 일으켰다.

특히, 남쪽사회에 던져진 충격은 같은 해 3월 문익환 목사의 방북과는 또 다른 차원의 파장을 몰고 왔던 것이다. 이미 88년 남북학생회담을 성사시키기 위한 투쟁을 벌였던 대학생들은 임수경의 방북을 계기로 '금단의 땅 북한'에 대한 인식을 완전히 새롭게 하는 계기가 되었다.

그의 방북을 계기로 대학가에서는 북한 바로알기 운동의 일환으로 북한영화 상영과 같은 행사가 대대적으로 열렸으며, 국가보안법을 무력화하기위한 운동도 전개되었다.

북한사회와 주민들에게 끼친 영향도 컸으며, 그의 평양방문 사실이 알려지면서, 그가 가는 길마다 수십만 명의 평양시민들이 뒤따랐던 것이다. 북한의 젊은 학생들 내에서는 임수경이 입은 청바지와 티셔츠가 선망의 대상이 될 정도였는데, 그는 7월 8일 평양축전 폐막일에 맞춰 북한조선학생위원회와 전대협 대표자격으로 남북청년학생공동선언문을 채택하기도

하였으며, 축전이 끝난 뒤에도 북한에 남아 세계 30 여 개 국에서 온 평화운동가 300여명과 함께 백두산천지에서 판문점까지 이어지는 조국의 평화와 통일을 위한 국제평화대행진을 벌였다. 그는 광복절인 8월15일 천주교정의구현사제단 문규현 신부와 함께 판문점을 넘어 남쪽으로 귀환했다. 송창익 통일연대 경남본부사무처장은 임수경의 평양방문은 통일운동을 향한 학생들의 패기를 보여준 것이었다며 당시 학생들의 활동들이 쌓여 분단의 장벽을 조금씩 허물어가는 기폭제가 되었으며, 1,2차 정상회담의 토양이 됐다고 말했던 사건이다. 여하튼 임수경의 평양학생축전 전대협 대표로의 방북은 통일운동대중화의 기폭제역할을 하였다고 보는 것이다.

금송수좌는 오사카의 영사가 염려하는 문제에 봉착되어 있음을 깨닫고 있었다. 아니, 당장 납치라는 위기상황으로부터 탈출해야만 하는 리 형구의 계획된 공작의 갈퀴가 코끝에 닥쳐있었다.

"동포애를 가지고 톰방(당장)대기 중인 특별비행기로 평양으로 가서……."

아……, 일순 현기증이 일었다. 리 형구의 어투에는 이미 납치를 위한 특별비행기가 오사카공항에 대기 중에 있다는 뜻이다. 당장 거처를 빠져나갈 수 없는 어떤 사상논쟁도 소통될 수 없었다. 그의 의사에 반하는 경우 이제 그의 납치가 이루어질 수 있는 압도적분위기는 금송수좌를 떨게 만들었다. 이제 몸을 일으키면 리 형구의 각본대로 움직여야 할 판이다.

어떤 궁여지책도 더 이상의 방법이 될 수 없는 초조와 공포가 살아 움직였다. 이때였다. 노스님의 시봉상좌 요하이가 노크를 하며 리형구의 말꼬리를 싹둑 자르며 들어왔다.

"대종사께서 수좌를 찾으십니다."

위기상황을 벗어나 얼른 월천당 노스님의 처소로 몸을 옮겼다. 가슴이 바르르 떨렸다. 그러나 애써 닦아온 선근을 일으켜 죽심竹心을 잃지 않았다.

상황이 이쯤 이르자 노스님에 대한 의심마저 앞섰다. 이미 그들에 의해 감춰진 각본 뒤에 오히려 평양행을 설득할지 모르는 염려를 간과할 수 없었다. 만약 그들의 각본대로라면 목숨을 건 서릿발 같은 물리적 견제까지도 요구된다는 긴장으로 뛰는 가슴에 조바심을 갖는데,

"리 형구의 목소리를 들었다. 그가 왔더냐?"

"네?"

금송수좌는 적이 놀랐다. 대종사의 처소와 자신이 거처하는

객승처소는 50m가량이나 떨어진 숲을 사이에 두고 있었다. 은밀하게 찾아온 그들을 알기도 어려웠으려니와, 목소리 또한 크게 소리를 질러도 숲 바람소리에 전해질 리 없는 거리였던 것이다. 그러나 예단인지, 스님의 법력인지, 아니면 이미 계획된 각본인지, 노스님은 상황의 일거수 일투족을 꿰 뚫고 있었다.

"그 사람들은 북조선 대남공작원이야."

"!"

"어찌하겠느냐?"

"스님, 무엇을 말씀하십니까?"

"평양을 갈 거냐고 물었다."

이 순간 노스님의 진심을 읽어내야 했다.

한순간 머뭇거리자,

"일락서산월출동日落西山月出東이라 하지 않았느냐?"

지극히 당연한 순리를 따를 것을 노스님은 힐책의 어투로 말했다. 즉 깊이 들어가, 선근의 뿌리가 다르거든 버리라는 것이다. 그러나 평양행을 순리로 말하는 것인지, 서울행을 순리로 말하는 것인지, 어느 곳이 선근의 참 뿌리가 되는지, 노스님의 내심을 가늠할 수 없었다.

다시 머뭇거리자,

"금산문중의 죽심선근竹心禪根을 잊었느냐?"

하며, 진심을 드러냈다.

그 제서야 금송수좌는 자신의 진심을 말했다.

"평양이 아니라, 스님을 서울로 모셔가고 싶습니다."

그러자 노스님은 일순 엄숙하리만큼 비장한 표정으로 선문을 다시 말했다.

"월락남방금송비月落南方錦松悲라 하지 않았느냐."

아! 금송수좌는 다시 한 번 놀랐다. 비장한 노스님의 선문화두禪問話頭가 찰나에 풀린 것이다. 노스님의 표정과 선문화두의 월락月落은 노스님의 주검을 의미하고 있었다. 왜 그렇게 의미가 부여되어야 하는지 조급히 물었다.

"스님! 왜 그래야만 합니까?"

"됐다. 지금 당장 여기를 떠나거라. 대승사를 떠나고 나면 알게 된다."

"스님, 이 밤에 말씀입니까?"

"지금 떠나지 않으면 날이 샌 뒤 네 몸이 평양에 가 있다. 죽심선근은 쌍계사에 있다."

"네? 제방에 여권과 항공권이 들어있는 저의 바랑이……."

그러자 노스님의 시봉상좌 요하이가 벽장을 열고 금송수좌의 바랑을 꺼내놓았다. 이미 앞을 내다본 노스님은 만약을 대비하여 요하이가 관리 하도록 미리 옮겨 놓았던 것이다.

리 형구, 그는 북한 1급 대남공작원으로 금송수좌의 대승사 등장은 상상도 못한 제 발로 찾아든 대어大魚였다.

더욱이 청년학생과 천주교와 불교의 삼각구도를 형성시킨다면, 그 파급은 물론, 중앙당집중지도원 위치에서 자신의 당 서열에 막급한 진로의 영향이 보장될 것이 자명하므로, 조총련 박 부장을 통하여 공작을 취해 왔으나 금송수좌가 쉽사리 사상변화를 보이지 않으므로, 당은 물론 보위부지휘에 따라 모든 조치를 취해놓고, 임수경과 문규현 신부가 평양에서 통일운동에 불을 지피고 있는 때를 맞춰, 곧 개최되는 300여 개국에서 참가하는 백두산천지에서 판문점까지 이어지는 평양국제청년대행진까지 참여시키기 위해, 필사적으로 금송수좌를 납치한다는 계획을 은밀히 세운 것이다.

그러나 월천당으로 불려간 금송수좌가 종무소식이자, 애가 닳은 리 형구는 재촉했다.

"박 부장 동무, 아무래도 안되겠습네다. 하필, 월천 노주지가 이 때 방해를 붙이는지 모르겠습네다. 시간이 없는데 강제 납치할 수밖에 없습네다. 만약을 위해 권총을 잘 챙기시라요. 실패하면 이제 죽일 수밖에 없습네다. 그러나 일단 오사카공항으로 데려가 비행기에 태운 뒤, 최고의 우대를 베풀고, 평양 인민들의 뜨거운 환영을 받게 하면, 모든 걸 포기하고 군

중심리에서 우리 북조선이 요구하는 대로 행동할 거라 믿습네다. 그렇게 되는 것도 같은 민족의 뜨거운 피가 흘러서 되는 거 아니겠습네까?"

"알겠소. 동무, 바통(빨리) 월천당으로 쫓아가 바로 데리고 갑시다."

리 형구와 박 부장이 심호흡을 내쉬며 몸을 일으켰다. 리 형구가 가슴 안쪽에 매달린 권총을 빼어 보이지 않도록 허리춤에 가리고 방문을 나섰다.

습하고 무더운 밤바람이 경내의 숲을 뜨겁게 휘몰았다. 숨이 막힐 지경이다. 월천당에서는 노스님이 시각을 재촉하고 있었다.

"어서 떠나거라. 일주문 밖에 다른 공작원들이 지키고 있다. 요하이를 따라가면 된다."

"네, 스님."

"선근으로 빛나던 노스님의 두 눈에 맺힌 이슬을 금송수좌는 보았다. 선문화두에 노스님의 주검이 묻어 있음을 확신한 금송수좌는 가슴이 뭉클 저미며 마지막 오체투지로 작별의 삼배를 올리려는데,

"리 형구가 몸을 나투었다. 빨리 움직여라."

"네, 스님."

"요하이, 금송수좌를 데리고 속히 가거라."

요하이는 나이는 조금 어렸으나 노스님의 일본인 제자의 손 상좌였으므로 금송수좌와는 사형사제가 되는 셈이다. 금송수 좌의 바랑을 맨 요하이가 안내하는 탈출구는 월천당 후원 숲 속에 가려진 대웅전뒷길로 이어지는 좁은 산길이었다.

우거진 숲속으로 몸을 숨길 수 있는 적소의 산길이다. 하지 만 그들의 눈에 뜨일까봐 몸을 거북이처럼 납작 엎드려 이동 하는데, 뒤돌아 본 월천당 맞은 편에 빠르게 몸을 옮기는 긴 장된 모습의 리 형구와 조총련 박 부장의 검은 그림자가 석탑 그림자와 섞여보였다.

여름밤을 뜨겁게 불사르는 무더위와 함께 온몸이 땀으로 젖 어 내렸다. 이마에 흐르는 땀으로 두 눈이 따가워 사물정시가 안되었다. 그들의 두 그림자를 다시 돌아보는 순간 아뿔싸, 돌부리에 걸린 금송수좌와 요하이가 부둥켜안고 바위 섞인 언덕 아래로 곤두박질로 굴러 흙더미 바위사이로 여지없이 곤두 박히고 말았다.

요하이가 일어나려는 금송수좌의 고개를 꾹 누르고 "쉿" 한손가락을 입술에 대며 주의를 주었다. 그들은 거푸 거친 호 흡으로 얼마간 엎드려 있어야만 했다. 옷을 털며 일어나 내려 다본 골짜기 아래, 먹처럼 컴컴한 먼 주택사이 가로등 불빛이, 검은 바다 등대 불빛처럼 반짝였다.

다행히 경내 밖으로 굴렀기 때문에 그들의 청각을 자극하지 않았던 모양이다.

조금만 더 지체하였더라면 리 형구의 총구에 등을 떠밀리며 평양으로 끌려 갈 판이거나, 아니면 죽음도 불사할 판이었다. 안전이 보장되는 장소로 몸을 옮기기 전까지는 노스님과 달리, 요하이의 안내는 아직 의심이 떨쳐내지지 않았지만 당장 어떤 방법은 없었다.

어둠의 산길을 뚫고 민가에 들어서자 요하이가 공중전화박스에 매달려 다이얼을 돌렸다. 그마져 믿음이 가지 않으므로 상황이 상황인 만큼 간격을 두고 골목그늘에 몸을 가리고 그의 행동거지를 주시했다.

요하이의 손짓을 보고 그에게 다가가자 대승사의 불자佛子라는 사카이가 콜택시를 몰고 곧 오기로 되어있다는 큰 길로 이동하여 막 도착한 콜택시에 오르는데, 대승사 방향 진입로 가로수아래 정차해있던 승용차한 대가 라이트를 밝히면서 방향을 돌려 빠른 속도로 질주해왔다. 잠복해있던 공작원의 눈에 띈 것이다.

그러자 요하이가 빠른 동작으로 당황하는 금송수좌를 택시 안으로 밀어 넣고 차에 오르며 긴장된 어투로 사카이에게 조급하게 말을 던졌다.

"사카이, 빨리 오사카한국영사관으로……"

"하이- 하이."

상황을 인식한 사카이가 비상라이트를 깜박이며 좁은 민가를 벗어나 속도를 내며 산업도로로 진입했다. 중앙선을 넘나들며 쫓기는 가운데 어느덧 한대의 추격차량이 두대가 되어 영화장면처럼 쫓고 쫓기는 위기가 연출 되었다. 야밤의 외곽산업도로였던 만큼 도로에는 화물운송트럭들이 질주했다. 추격차량들은 가능한 트럭들의 시선이 보이지 않는 도로에서 빠른 속도로 뒤쫓았다.

그들의 심리를 알게 된 사카이는 가능한 트럭사이로 끼어들었다. 그러나 신호등을 무시하며 몇 대의 차량을 추월한 한대의 추격차량이 쏜살같이 질주하며 콜택시의 꽁무니를 찰나에 들이받았다.

"쾅."

범퍼가 파손되는 쇠 갉음 소리와 함께 차체가 요동치며 튕겨밀렸다. 방향을 잃은 콜택시를 트럭한 대가 크락숀을 울리며 빠른 속도로 비켜갔다. 순간의 충돌사고를 모면했다. 그러자 요하이가 흔들리는 몸을 가누며 운전석에 부착된 업무용전화기를 집어 들고 어디론가 전화를 하려고 보턴을 누르는데, 다시 한 번 추격차량이 콜택시의 측면을 사정없이 들이받으며

갓길로 밀어냈다. 이번에는 백미러가 파손되면서 가까스로 갓
길을 빠져나왔지만, 그 충격으로 요하이의 손에 쥐어졌던 전화
기의 선이 잘리며 튕겨나가고 말았다. 어떤 연락도 취할 수 없
게 된 것이다.

그러자,

"요하이, 자, 이거 받아."

극도로 긴장한 사카이가 자신의 또 다른 개인용 무선전화를 빠
른 동작으로 꺼내어 요하이에게 건네주었다. 사카이는 노련한
솜씨로 계속 닥치는 충돌사고의 위기를 모면하며 차를 몰았다.
긴급하게 어디론가 통화를 끝낸 요하이가 가쁜 호흡으로 빠
르게 말했다.

"사카이-사카이- 고베경찰청으로……."

"하이-하이."

여름밤 안개 속 화물차들이 진로를 가로막는 산업도로를 빠
져나와 가까스로 고베도심 속으로 진입했다. 산업도로보다는
안전하다고 생각되었지만 인적 끊긴 도로의 운행차량이 전혀
없는 건 아니었다. 공작원의 추격은 계속되었다. 긴장과 공포
는 세 사람의 호흡을 가쁘게 만들었다. 생존의 존귀성을 일깨
웠다. 사카이가 한쪽 백미러로 뒤 따르는 추격차량을 확인해
가며 빠르게 차를 몰았다.

긴다로백화점 앞 분수대를 휘돌아 직진하려는데 휘돌며 감속되는 속도를 틈타 추격차량 한대가 맞은편 쪽에서 빠르게 질주해온다. 앞뒤 추격차량에 갇히는 형국이었다. 그러자 사카이가 급회전으로 유턴하면서 쏜살같이 도심을 파고 들어 가까스로 커다란 건물앞마당으로 들어선 곳은, 청사 내 모든 조명이 밝혀진 고베경찰청 마당이었다. 이미 정사복경찰병력들이 입구에서 대기하고 있었다.

위급함을 느낀 요하이는 금송수좌의 신변보호를 위해 영사관에 상황을 알렸고, 다급해진 영사관은 가까운 고베경찰청으로 방향을 선회하도록 유도시킨 후 고베경찰청을 통해 모든 조치가 취해지도록 요청해놓았던 것이다. 콜택시가 경찰청정문을 통과하자 경찰병력들이 정문을 가로막았다. 뒤쫓던 코슝이 망가진 두 대의 공작원차량이 쇠 갉음 소리로 빠르게 방향을 돌리자, 대기하던 경찰청차량과 싸이카들이 싸이렌을 올리며 그들을 뒤쫓았다.

실로 간만의 차이였다. 거푸거푸 호흡을 내쉬며 요하이가 말했다.
"사형, 다친 데는 없습니까? 대승사에서 영사관에 안부 전하는 것을 대종사께서는 알고 계셨습니다. 대종사께서도 영사관과 연락을 해오셨고, 스님을 꼭 보내겠노라고 약속도 하셨습니다. 대종사께서는 약속을 지키신 것입니다. 이제 영사관에서 모시러올 것입니다."

하고 말했다.

이 과정에 이르기까지 영혼과 양심에서 우러나오는 월천대종사의 진실을 보지 못하고 잠시라도 의심을 가졌던 것과, 또 요하이를 한순간 믿지 못했던 것을 금송수좌는 깊은 마음으로 참회했다.

더위에 늘어진 경내수목잔가지들이 바람에 흔들리는 숲 바람소리가 산하로 내리는데,

"튜욱-."

월천당처소에서 소음장치가 장착된 단발총성이 짧게 벽을 때렸다.

"반-동!"

리 형구가 포효했다. 견딜 수 없는 분노에 찬 그는, 벽처럼 조용하고 의연한 좌선의 자세로 가부좌를 틀고 죽음을 기다리던 노스님가슴에 총구를 겨누고 방아쇠를 당긴 것이다.

영사관으로 몸을 옮긴 뒤, 그 소식을 접한 금송수좌가 고개를 떨구고 슬피 울었다.

월천대종사月天大宗師, 그는 당초 금송수좌로부터 오체투지 삼배를 받으면서 앞을 내다본 선문화두를 던졌다. 자신의 주검月落에 솔잎 굵은 남쪽 소나무(南方錦松)가 슬피悲 우는 것을 화두로 던진 것이다. 노스님의 사상은 처음부터 변함없었다. 그리고 금송수좌의 친견은 곧 자신의 열반이었다. 자신을 불살라 죽심선근竹心禪根의 법통法統을 이어가는 금산문중錦山門中의 손상좌, 금송수좌를 죽음으로 지켰다.

*

월락남방금송비 月落南方錦松悲
일락서산월출동 日落西山月出東

2
까치 떼 울음소리

동쪽을 바라본 맞배지붕 푸른 이끼가 얼어붙은 골기와, 아름
드리기둥과 벽 안 팍 낡은 탱화는 대웅전 2천 년 역사를 증명하
고 있었다. 방대한 적멸보궁의 규모는 아니나 사찰이 성한 시절
에는 능히 오대불법五臺佛法을 설했으리라······.

2
까치 떼 울음소리

내가 처음 그곳에 간 날에도, 법당마당 아름드리은행나무에 까치집을 두고 까치 떼 울음소리가 유난히 시끄러웠던 모양이다. 그런 날 절간에는 언제나 새사람이 들어왔다.

*

"처사님, 혹 부근에 가까운 절간이 없습니까?"

그러자 촌 노는 모로 돌린 얼굴로 말했다.

"이 추위에 웬 스님네우? 하월리河月里에 오래된 절간이 하나 있는데 지금 버스정류장으로 가면 막차하나가 있소. 그걸 잡아

타면 승암사라는 절간을 갈 수 있다우."

　하월리 행 막차는 오후 네 시에 있었다. 한산한 시골읍내 버스정류장이었다. 예년에 비해 일찍 찾아든 겨울추위가 바랑 끈을 바짝 조여 매게 하였다. 하늘은 맑았다. 황금노선이 아닌 까닭인지 버스는 낡아 있었다. 또 불과 서 넛의 승객이 승차했을 뿐이었다. 창가에 자리를 잡았을 때 빛바랜 커튼사이로 투시된 유리를 비집고 들어온 엷은 햇살이 언몸을 조금 녹여주었다.

　인적 드문 면소재지 갈랫길을 돌아 구비진 비포장도로를 기우뚱거리며 들어간 하월리는 버스의 종점이었다. 버스가 되돌아간다는 뜻도 되었다. 버스하체에서 기름기 없는 쇠 갉음소리가 바닥이 내려앉을 것처럼 불안스럽게 들리면서 버스가 멈추었을 때, 막차를 타고 나가려는 몇몇 사람들 뒷편에 한쪽 손목이 굽고, 소아마비로 절뚝거리며 마을 쪽으로 들어가는 보기에도 애잔한 아가씨가 카메라의 망원렌즈로 상을 끌어당긴 듯 시야가까이 들어왔다. 시선은 그곳에서 멈추었다.

　그녀 가까이 스치며 길을 물었다.

　"승암사 가는 길인데 어디로 갑니까?"

　그녀는 나의 등장이 예삿일이 아닌 것 같은 묘한 표정으로 "예?"하며 놀라는 듯 그 표정은 의문마저 던졌다.

"일루 쭉 들어가세요."

다시 굽은 손을 들어 가르키는데 아주 짧은 눈의 스침 속에서 그녀의 눈빛은 많은 언어를 함께 던졌다. 찰나에 알 수 없는 무언가를 눈으로 말하고 있었다.

마을을 벗어나 포장되지 않은 꽤 먼 산길에 저녁추위를 채근하는 산그늘이 썬탠으로 피부를 태운 여인의 곱게 탄 피부빛깔처럼 검회색으로 고르게 변색되고 있었다.

"객승입니다."

대웅전 옆 낡은 요사마당에서 방부房付를 청할 때 그 검회색 영역을 강한 블랙이 잠식하고 있었으므로 이미 사방은 어두워져있었다.

"뉘요?"

방문을 열고 반긴 것은 주지였다. 쉰 대여섯으로 여겨졌다. 삼십대 중반의 나는 방에든 후 먼저 일 배를 올렸다.

"만행중입니다. 며칠 쉬어가렵니다."

"그래요? 공양을 들기 전이요. 객방에 불을 지펴야 되는데. 일루 오시오."

"스님, 말씀을 낮추시지요."

북편 요사객방은 냉골이었다. 이간장방의 절반을 막아 뒷방이 따로 있었다.

"정수, 이리 오게."

"예, 스님."

주지가 부르는 소리를 듣고 뒷방 부목(負木/나무를 해서 절간 각 방에 불을 지피는 처사)이 왔다. 그는 힐끔 곁눈으로 나를 일별한 뒤 합장했다.

나도 반배로 합장하는 것을 잊지 않았다.

"수행중인 납자께서 오셨으니 객승 방이 다습도록 불을 더 지피게."

"예, 스님."

방 골이 하나로 된 것을 의미하고 있었다.

그러니까 객방은 윗목인 셈이다. 그는 고분고분 했다. 나이가 들어보였으나 키가 매우 작고 양팔은 기형으로 팔꿈치 위치에 손이 대롱거리듯 매달려있었다. 3등분의 비례에서 1등분이 모자라는 팔이, 만일 정상체형을 갖추었더라면 작은 키에 양손이 땅에 끌리는 오차가 생겼을 거라는 생각이 들었기 때문에, 그것은 차라리 참극을 모면한 큰 다행이라 할 수 있었다.

주지의 안내로 공양방에 들었다. 노 보살이 막 밥상을 들였다. 그때 본 공양간은 판자벽이 얼기설기 틈이 벌어져 바람막이도 되지못했다. 구석에 부목이 해놨음직한 나무 단이 쌓여있다지만, 키가 작고 팔이 짧아서인지 높이 쌓지 못해 엉성한 것이 어설픈 부엌 꼴이 더욱 심난해보였다. 추위에 떨며 공양 준비를 한 노 보살의 코끝에 콧물이 대롱거렸다. 위태로웠다.

공양상을 내가고 주지와 나만이 남았다.

"하루쯤 쉬시고 예불을 모실 수 있겠는가?"

주지는 말을 낮추어 물었다.

"예, 스님 당연하지요. 내일 새벽부터 예불을 모시렵니다."

"늦깍이인성 싶은데 법명은 무엇인가?"

"현각賢覺입니다."

"속세에선 무얼 했는가? 물어서는 안되지만."

나는 대충 경력을 말했다.

"허? 그래?"

주지는 의외라는 표정을 지었다.

다음날 신새벽에 예불을 모셨다.

원차종성변법계 願此鐘聲便法界

(원컨대 이 종소리가 법계에 두루하여)

철위유암실개명 鐵圍幽暗悉皆明

(철위 산에 둘러쌓인 깊고 어두운 무간지옥도 다 밝아지고)

삼도이고파도산 三途離苦波刀山

(지옥, 아귀, 축생의 고통을 여의고 도산지옥도 모두 부서져서)

일체중생성정각 一切衆生成正覺

(모든 중생이 올바로 깨닫게 되어지이다.)

뼈 속을 갉아오는 추위 속에 종송鐘頌염불소리는 산내림 북풍을 타고 천리만리 흘렀다. 대천세계大天世界 먼지하나에 불과한 나를 일깨워주었다. 쇳송소리는 허공에 파장을 일으키며 중음계中陰界를 떠도는 지옥중생까지 이 소리를 듣고 '지혜를 얻어 깨우치라.' 막힌 고막에 여지없는 송곳질로 신새벽을 깨웠다.

"은사스님은 뉘신가?"

"一字, 鳳字십니다."

"예경禮經을 은사스님께 배웠나?"

"예, 뭐가 잘못 되었습니까?"

"아니야, 제대로 배웠네. 그것이 본래(단기 4287년 불교파동 이전)의 것이지."

아침공양을 물린 후 주지와의 대화였다.

"내, 볼일이 있어 나갔다 옴세."

그가 버스시간을 맞추어 산을 내려간 직후였다.

"스님, 안에 계세요?"

바랑 속 빨랫거리를 뒤적일 때 뒷방 부목이 부르며 내방으로 들어와 앉았다. 매달린 양팔은 낯익은 것처럼 불안하게 보이지 않았다.

"주지스님 나갔지요?"

"예, 볼일이……, 있으시다고……."

"호! 또 며칠 걸리겠네!"

"?"

무엇이 마땅치 못하다는 것인지, 주지의 외출이 좋다는 것인지, 주지를 약간 빈정대는 말을 하는데 그 표정 또한 의미심장했다. 그의 '신체적 핸디캡 + 의미심장 + 뇌리에 각인된 무언가를 말하는 소아마비아가씨의 표정'이 하나로 플러스 되어, 묘한 함수를 성립시켰다.

세찬 산 올림 바람에 풍경소리는 불협화음으로 요잡을 떨었다. 만행 길에 더렵혀진 행전이며 옷가지를 빨아 후원에 널고, 바지랑대를 고이는데 찬물에 손이 아리다. 동쪽을 바라본 맞배지붕 푸른 이끼가 얼어붙은 골기와, 아름드리기둥과 벽 안 팍 낡은 탱화는 대웅전 2천 년 역사를 증명하고 있었다.

방대한 적멸보궁의 규모는 아니나 사찰이 성한 시절에는 능히 오대불법五臺佛法을 설했으리라…….

 암자 앞 계곡물은 천년을 갈 듯 얼어붙어 있었다. 부목의 말대
로 주지는 며칠이 지난 실눈이 내리는 저녁에 돌아왔다.
 "다녀오셨습니까? 막차를 타셨군요."
 "현각, 심심하지 않았는가?"
 "납자가 심심하기는요."
 "갈 때가 된 것 같아 서둘러 왔네. 떠날 건가?"
 주지는 나로 하여금 일을 다 보지 못한 것처럼 말했다.
 "글쎄요."
 "어지간하면 여기 눌러 있으시게. 강설에 고생하지 말고."
 주지의 말대로 우선 눌러있기로 마음먹었다. 눈도 내리려니
와 동안거(겨울참선)철이어서 선방에 들어가 있어야 할 때였으
므로 만행은 실로 어줍잖은 일이기도 했다.
 "그렇게 하지요. 불편하시지 않으시면 여기서 한철 나렵니다."
 "잘. 생각했어. 내 그럼 한 이틀 있다가 나가서 일을 좀 더
봐야 하겠구만."
 주지는 이틀이 아닌 다음날 서둘러 다시 나갔다.

 "시님, 죄송하지만 읍에 좀 다녀오실 수 있나요?"
 주지가 나간 후 부엌 노 보살이 건조한 쉰 기침을 하며 청했다.

코끝은 여전히 콧물이 매달린 상태였다.

"무슨 일 이신데요?"

"아무래도 감기약을 먹어야 할 것 같아서……."

"감기가 대단하신가 보군요. 다녀오지요."

길을 나섰다. 마을사람들이 날 볕을 쬐며 마을회관 앞에서 버스를 기다리고 있었다.

"안녕들 하세요?"

합장으로 모두에게 인사를 했다.

"승암사 계시는 스님네요?"

한 사내가 물었다.

"아니오. 만행 중 쉬고 있습니다."

"부목승負木僧 그놈, 절에 있나요?"

그는 '승'자와 '놈'자를 붙여 말했다.

"예? 부목……, 승이요? 절에 있기는 합니다만."

"몹쓸 놈 같으니."

부목이 승적을 지닌 걸 알 수 있었다.

"주지 놈은 안 그런가?"

"?"

다른 사람 역시 주지까지 싸잡아 서슴없이 '놈'자를 붙여 말했다.

버스가 왔다. 부목을 묻던 사내는 버스를 타지 않았다. 암자로 돌아 왔을 때 부목승 뒷방이 시끄러웠다.

"시님, 시님께 심부름을 시켜서 죄송하네요."

노 보살이 감기약을 먹느라 가루약을 입안에 탁, 털어 넣고 고개를 젖히며 약을 먹는데 며칠 전부터 매달렸던 콧물이 뚝 떨어졌다.

"부목에게 무슨 일 있나요? 뒷방이 시끄러운데."

"아유……, 공부하는 납자시님이 알 일이 아니지요. 공부나 하세요."

노 보살은 굳이 말하려 하지 않았다. 방에 들었는데 험상궂은소리가 들려왔다.

"이놈아! 먹여 살릴 수 도 없는 주제에 그 불쌍한 것을 애를 배놓고 어쩌자는 거야?"

"……."

"못난 것이 그것은 많이 하려고 좆이 열 두 개라더니."

부목의 신체에 치명적인, 모멸의 육두문자가 빛바랜 벽지문양을 모조리 긁어내려는 듯 들렸다.

"……."

그는 무슨 큰 잘못을 저질렀는지 아무 말도 못하는 것 같았다. 절간에 이런 일이 있다는 것이 삭발본사를 막 떠난 나에게 큰 충격으로 받아들여지고 있었다. 더욱 초심初心을 뒤흔든 것은 계속 이어지는 소리였다.

"이놈아! 주지가 그리 일러주더냐? 주지가 그런다고 네 놈도 그러는 게냐? 주지 좆이 열두 개면 너도 열 두 개냐? 분수를 알아야지 분수를……."

격분한 그는 주지까지 싸잡아 거침없고 치욕스러운 욕설로 네 평짜리 방안공간을 잔뜩 메꾸고 있었다. 들리는 말로는 주지며 부목승까지 오계五戒를 범하고 있었다. 전, 후 행태가 해年를 두었음이 내포된 말투로 보아, 쉰 대여섯 나이의 주지는 이미 쌓아올린 선근禪根마저 여지없이 무너져있는 것 같았다.

계초심학인문戒初心學人文은 설說했다.

'재색지화財色之禍는 심어독사甚於毒蛇하니,

즉, 재물과 여색은 독사의 독보다 심하다는 것이다. 더 이어 경문의 끝을 맺으면,

'성기지비省己知非하여 상수원리常須遠離하라.' 하였다.

몸을 살펴 그른 줄 알아서 항상 모름지기 멀리여의라, 하고 설했다.

그는 쉽게 돌아갈 것 같지 않았다. 내가 법당에 들어가 사시 불공巳時佛供을 마치고 나서야 뒷방소리는 들리지 않았다.

목탁소리를 듣고 결국 돌아간 모양이었다. 점심공양에 부목은 나타나지 않았다. 자신의 치부가 들어난 것이 부끄러운 것인지 부목은 나를 피했다. 저녁공양을 들면서도 말을 붙이지

않았다. 부엌 노 보살은 이미 겪어온 일인지 새삼 관심을 두지 않는 일에 익숙해져있는 것 같았다. 나 역시 딱히 그 일을 가지고 할말이 있는 것도 아니어서 아무 말도 하지 않았다.

다만 그는, 자신의 상황에 대한(여자의 임신) 걱정보다는 신체에 대한 비관스러움과 마을사람들의 무시와 굴욕적인 언어폭력에 어딘가 모르게 풀이 죽었고, 비관적 태도를 읽을 수 있는 것은 그는 후원에서 장작을 패다가 갑자기 도끼를 내던지고, 멍-하니 먼 산을 바라보며 마디숨을 쉰다든지, 얼어붙은, 아마 정해져 있는 장소 같은 계곡바위위로 때때로 올라가, 로댕의 조각 '생각하는 사람'처럼 쪼그리고 앉아 깊은 상념에 젖어있는 모습을 종종 볼 수 있었다.

"스님, 왜 이러세요? 이건 제 소임입니다."

해질녘 아궁이불을 지피는데 모멸감을 삭이느라 종일 뒷방에 쳐박혀 있던 그가 소리를 듣고 띠살문을 열고 나오며 말했다.

"놔두세요. 이 정도는 나도 해야지요."

그는 극구 만류하며 나를 부엌 밖으로 내보내려 했지만 나는 나가지 않고 장작더미에 걸터앉은 것은 신체에 대한 열등감과 굴욕을 당하여 위축된 그의 마음을 조금 펴주고 싶기 때문이었다.

그가 말했다.

"스님, 제가 나쁜가요? 제게 욕을 하시겠지요?"

"원, 별 말씀을, 모두가 인연취산 아닌가요? 마을에 가니까 '부목승'이라던데 수계를 받았소?"

"수계는 무슨……, 수계랄 것도 없지요. 제 행색이 이러니까, 승적을 지니면 어느 절간을 가더라도 밥은 얻어먹을 수 있다고 입적하신 노스님께서 사미계를 수지 해주고 승적을 만들어준 거지요."

"그래요? 승려증은 있나요?"

"예, 있지요."

그는 주머니에서 승려증을 꺼내 보여줬다. 본사가 승암사로 되어있었다. 입적하신 노스님의 맨 끝 제자인 셈이다.

"법명이 정수淨守로군요. 사미계를 받았으면 예불이나 불공은 하시겠구만."

"그건 다 하지요. 그러나 지금 주지스님은 법당엔 들어가지 못하게 하지요. 제 행색이 이래서……, 그래서 머리도 아예 기르고 있지요."

그의 행색은 정말 그랬다. 머리는 더벅하고 감지 않아 까치집을 지었고, 키는 그림자처럼 찰싹 땅에 붙은데다가, 두 팔마저 기형이어서 떠돌이약장사나 써커스의 재롱을 떠는 난장이, 바로 그런 모습이었다. 그런 그가 여난女難으로 망신살이 뻗쳐

휘말려있다면 누구도 믿지 않을 일이었다. 나는 그와의 짧은 대화에서 자신이 말하는 행색보다는 그의 마음자리를 보고자 했다. 그것은,

'평등한 자성慈性가운데는 피차의 구별이 없고, 밝은 거울 뒤에는 친하고 미워함의 차별이 없다.'

라는, 경문의 한 구절로 그의 인격을 인격으로 보기 위함이었다. 그와의 대화는 저녁공양을 마치고 밤까지 이어졌다. 나의 방에서였다. 또 그는 극구 무엇인가를 내게 해명 내지는 인격체로서 어떤 당위성을 내 세워서라도, 자신의 해결점을 찾아보려는 간절한 의도와 심리가 비치기 때문에, 나는 그것을 받아들이는 차원이었다.

"이 산간에서 어떻게 그런 일이 일어났소?"

하고 묻자 그의 표정이 일순 밝아졌다.

내심 자신에게 관심을 가져주는 것에 그는 누명을 쓰고 있는 억울한 피의자가 변호인을 만난 것처럼 자신을 변호하기 시작했다.

그러니까, 아직 긴 소매를 입어야 하는 산골의 지난 이른 봄이었다. 보리밭두렁 가에나 양지바른 산자락에 쑥이며 다랭

이며 나무새가 한참 피어오르던 때였다.

　마을 당꼬할매의 손녀딸 철숙이가 소아마비로 한쪽다리를 절며, 거기에 왼손손목마저 안으로 곱아, 불편한 몸으로 소쿠리를 끼고 꼬치미를 하며 온 것이 승암사 자락까지 오게 되었다.

　그녀는 다 큰 처녀였다. 신체가 불구였으므로 혼처도 나서지 않았다. 할머니와 면에서 영세민에게 주는 쌀과 적은 돈으로 적빈赤貧하게 살고 있었다. 그 날도 법당마당 아름드리은행나무에 까치집을 두고 유난한 까치 떼 울음소리가 시끄러웠다. 그런 날 절간에는 언제나 새사람이 들어왔다. 후원 뒤 봄배추를 심으려고 밭을 갈던 부목이 먼빛으로 철숙이의 모습을 보았다.

　부목은 별 관심 없이 괭이질을 하다가 이따금씩 바라보면 나뭇가지사이로 힐끗힐끗 보이다가 또 다른 곳에서 자리를 옮겨 보였다. 해빙기 계곡주변이라 약간 걱정이 되었다.

　그러던 중, '우아 악.' 후원 바로 앞 계곡 쪽에서 철숙이의 비명소리가 까치울음소리에 묻혀 날렸다. 부목이 괭이질하던 손을 멈추고 잠시 파헤친 흙덩이를 바라보다가 획, 괭이를 내던졌고, 키가 작은 그는 흡사, 공이 굴러가듯 계곡으로 치달아 뛰었다.

　"아니, 저런!"

　잔설에 미끄러진 그녀는 계곡 아래로 곤두박질로 떨어져 피칠갑된 얼굴로 버둥대며 신음하고 있었다. 부목이 화급히 내려가 겨우 그를 등에 업었지만, 키가 작아 부러진 발이 땅에 끌리므로 비명을 더 크게 질렀다. 그를 어깨에 메고서야 비명이 조금 가라앉았다. 암자로 데려왔지만 손을 쓰지 못할정도로 상태가 심하자, 부목은 다시 부랴부랴 3키로 남짓한 마을 회관까지 단숨에 달려갔다.

"아니? 철숙이가 왜 그래?"

멍석위에서 윷놀이를 하던 사람들이 화급히 그를 받았다. 때마침 들어온 버스에 실려 철숙이는 보건소로 갔고, 이튿날 마을에서 장정 둘이서 찾아왔다. 부목은 그들이 어제 일에 대해서 고맙다는 인사차 온줄 알았지만 전혀 그게 아니었다.

그들은 다짜고짜 부목의 멱살을 휘어잡더니,

"야, 이놈아 주제를 알아야지 주제를, 여자가 병신이라고 겁탈을 해?"

하고 욱박지르는 것이었다.

"아니! 무슨 소리를 하는 거요? 죽을 사람 살려주니까 고맙다고 해야지."

그는 난장이 몸으로 펄펄뛰었다. 완강한 부목의 태도에 그들은 다소 기가 죽었다.

"너, 이놈, 며칠 있다가 철숙이가 입을 열면 형무소 가는 줄 알어. 나쁜 놈."

철숙이는 부러진 다리에 깁스를 하였고 찢어진 얼굴과 턱의 상처로 붕대를 온통 싸매어 말을 못하자, 부목이 겁탈을 하려다가 사고난 것으로 그들은 오해했던 것이다.

그 일을 잊을 무렵, 부목이 텃밭에 심은 고추밭 줄을 매는데 철숙이가 다리를 절며 찾아와 저간의 사정을 말했다. 고맙다는 치사를 하며 작은 선물하나를 주고 갔다.

"바로 이것이지요."

부목은 나에게 선물을 펼쳐보였다. 손수 수를 놓아 만든 보기에도 무늬가 아주 예쁜 손수건이었다. 부목은 그것을 쓰지 않고 고이 간직하고 있었다. 그에게 손수건은 의미가 큰 것으로 작용하고 있었다. 철숙이의 등장과 그것 하나로도 충분히 자신의 신체에 대한 굴절된 마음도 펴질 만큼 손수건은 그에게 소중했다.

그 후 마을사람들의 눈을 피해 철숙이는 부목을 찾아왔다. 서로의 처지가 둘의 관계를 성립시켜 줄 수 없음에도…….

둘의 신체적 조건은 서로에게 동병상련이 되는 말없는 위안이 수반되면서 둘의 사랑이 깊은 가을 빨간 감처럼 무르익어 갔다. 이제는 서로 사랑한다는 말도 서슴치 않았다.

그들이 결정적 인연을 맺게 된 것은, 만추晩秋의 계절이 되어 철숙이가 떨어진 바로 계곡아래에서였다. 둘은 인연의 동기가 된 계곡으로 들어갔다.

바위로 둘러쌓인 붉은 단풍숲속은 분위기를 한층 높여주었다. 그 때 철숙이는 '사랑'한다며 막무가내 부목을 끌어안았다.

생명의 은인이라는……, 그래서 당신을 택한다는……, 자신의 애정이 깊게 피어오른 진실된 행위였다. 그리고 그녀는 아랫도리치마꼬리를 걷어 올리고 깊은 몸으로 부목을 받아들였다.

마을사람들의 눈에 띌까봐, 낮으로 오던 그녀는 아무도 몰래 밤으로 찾아와 뒷방으로 들었다. 부목은 주지가 나가기를 늘 바랬다. 그렇게 찾는 일이 잦더니 나중에는 풀방구리에 새앙쥐 들랑거리듯 하는 것이었다. 하지만 그들의 만남은 참으로 자연스럽고 인간으로서 가질 수 있는 당연한 본능이며 인간적 욕구였다. 그것을 불륜 시 하거나 사미오계를 범한 것이라고 부목을 매도하고 누구도 지탄할 수 없는 일이었다. 또한 그들은 전생으로부터 필연적인 인연의 끈이 그렇게 이어지고 있는 것인지 몰랐다.

사미오계를 수지 받을 때 법천대종사께서 주장자를 내리치며 설했다. 사미오계 중 제 4계는 '불사음不邪淫' 즉, 음행淫行을 하지 말라'였다. 종사께서 그 음행에 대해서 사부대중에게 정의를 내렸다. 그것은 인연에 맺어진 부부이외의 색을 탐하지 말라는 것이다. 수행자입장에서는 전자의 것도, 후자의 것도, 용납되지 않는다. 그것은 수행에 방해가 되는 것에 기인한다.

그러나 부목의 경우는 다르다. 대발심大發心이 일어나 입산을 자처한 것도 아니다. 발심 끝에 스스로 수계를 받은 '승僧'이라면 응당 승법에 따라 오계를 지키지 못한 범계犯戒에 대중공사를 받고 그 결과에 따라야 함이 마땅하다. 하지만 그는 어쩌다 남과 다른 몸으로 태어나 일찍 절간에 던져졌고, 여러 사찰을 전전하며 자란 그에게 한곳에서라도 몸을 붙여, '절간의 밥'을 평생 얻어먹는데 지장이 없도록, 그의 노스님께서 자비를 베푼 것에 불과할 뿐이었다. 그가 승려신분이라는 것을 오히려 그들이 인연을 맺는데 걸림돌작용을 했다. 여기에 신체결함을 부추기고 무시와 모욕으로 인격까지 매도하고 있는 것이다. 이러한 나의 변호에 부목은 귀인貴人을 만난 것처럼 크게 감복했다.

"운수납자雲水衲子가 아니라 큰 스님을 만난 것 같군요."

"예불을 모실 수 있다고 했죠?"

"예."

"그럼, 내일아침부터 예불을 모셔보렵니까?"

"주지스님이 법당에 들어가지 말라고 했는데."

"그건 상관없습니다. 내가 있는 동안은 언제라도 예불을 모셔도 됩니다. 그리고 신체에 대해 굴욕감이나 열등의식도 떨쳐버리세요. 모든 건 마음자리에 있으니까."

예불을 통해 자신의 마음을 다스리게 하려는 것이었다.

내가 눈을 떴을 때 대숲바람소리가 물결치듯 들려왔다. 부목은 어느덧 일어나 목탁을 치며 지성일념으로 도량천수道場千手를 하는데 도량찬道場讚을 염불하고 있었다.

도량청정무하예 道場淸淨無瑕穢
(온도량이 깨끗하여 더러운 곳 없어 오니)
삼보천용강차지 三寶天龍降此地
(삼보(佛.法.僧))님과 천용님네 이 도량에 오시도다)
아금지송묘진언 我今持誦妙眞言
(내가 이제 묘한 진언 지니고 외우오니)
원사자비밀가호 願賜慈悲密加護
(대자비로 베푸시어 저희들을 살피소서)

차가운 새벽공기가 밀폐된 공간에 스며들어 심부 깊숙이 파고든다. 그의 염불소리는 신체와 관계없이 청아하게 들려오고 있었다. 칠언절구七言節句 구절을 넘어갈 때, 음의 가락은

심간心肝 속에 체적된 한恨이 가득 배어있었다.

어제와는 천양지판으로 그의 표정은 달라져 있었다. 내 팽겨 던져버린 도끼도 제자리에 가져다 놓았고, 작은 키에 쳐진 어깨도 한껏 펴고 몸의 움직임도 부지런하게 도량을 청소했다. 기분하나의 차이는 그렇게 컸다. 그는 자신에 대한 변호가 뜻하지 않게 성립된 것만으로도 어떤 희망까지도 갖게 된 것이다.

희망은 곧 목표를 설정하고 지향하여 생활태도까지 긍정적으로 바꾸어 놓는다.

"스님, 어떻게 해야 할까요?"

그는 자신에 대한 마음가짐의 문제가 해결되었으므로 그 다음 문제인 여자의 임신문제를 해결하고자 했다.

"……."

그는 쪼그리고 앉아 나의 입이 떨어지기를 초조히 기다렸다.

"주변사람들이 아이를 지우도록 할 텐데요."

"서둘지 말고 조금 두고 봅시다. 그녀가 진실하다면 거기에 쉽게 응하진 않을 거요."

"정말 그럴까요?"

그는 바짝 다가앉으며 안달하듯 했다. 종족번식에 목숨을 거는 동물의 세계가 그렇듯 그의 행동은 당연한 본능이었다. 또 아이만큼은 남들처럼 사대육신 멀쩡하게 낳아 훌륭하게 기르고자하는 마음 또한 그들의 입장이 아니고서는 누구도

이해하지 못할 것이다.

"매일 대웅전에 들어가 기도정진을 해 보세요. 한 가지 뜻만을 두고……."

"그러면 될까요?"

"인연이 된다면……."

그의 기도정진소리는 몇날며칠 지속되었다. 투명하게 울리는 목탁소리는 골짜기 숲속 깊숙이 파고들어 바위벼랑을 가볍게 때리고 돌아와 왕대 숲에서 잘게 바스라 졌다.

점심공양을 마친 때였다. 객승은 아닌 성 싶은 스님 두 분이 찾아왔다. 부목이 그들을 맞았다. 구면인 것 같았다. 그들은 부목을 따라 후원텃밭을 지나 산속으로 들어갔다.

"어디서 온 스님들이오?"

두 스님은 보이지 않고 혼자 돌아온 그에게 물었다.

"본사교구 감찰스님들이래요."

"웬일로?"

"지난겨울 사찰임야 해태 목을 주지가 산판업자에게 죄다 팔아먹은 것이 문제가 됐나 봐요. 현장 확인을 하고 갔지요."

"그래요? 해태 목은 바다에서 쓰는 것인데……."

해태 목은 껍질은 코르크마개를 만들어 양주병마개로도 쓰고, 나무는 앙강망어선이나 바다의 양식장에서 긴요히 쓰는 나무였다.

"돈은 좀 받았겠소."

"글쎄요, 열일곱 트럭을 내갔으니까."

"허! 그래요? 재색지화라……."

주지는 재물과 여색을 모두 취하고 있는 것 같았다. 나는 일정한 시간을 정하여 좌선을 해오던 터였다.

초심자의 법열을 지키기 위함이었다. 안거철이니까 더더욱 그랬다. 좌선은 엉망이 되어가고 있었다. 그런 저런 일사가 도대체 내가 입산을 한 건지, 분명한 운수납자인지, 세간世間과 출세간出世間차이조차 느낄 수 없는 세간에서나 있을법한 일들이 출세간에서 일어나 있었다. 입산의 의미가 망각될 수도 있는…….

入山……!

입산이라는 말이 나왔다. 입산은 밖에서 볼 때 '허무虛無' 그 자체로 받아 들인다. 죽마고우였던 세속의 한 벗은 나의 입산소식을 뒤늦게 듣고, 바로 그 허무를 느끼고 며칠을 막걸리로 소일했다고 한다. 내가 죽은 것도 아닌데……,

또, 지난가을 해인사에서 사미오계를 수지受持 받고 본사로 돌아오는 길에 세속누님한 분께 엽서 한장을 띄웠다. 근황에 대해서는 일체 언급도 하지 않았다. 다만, 시간을 정해주며 남원 역사驛舍에서 만나자고만 했다. 누님께서 오실 수 있는 시간을 일러준 것이다.

역사에 들어갔을 때, 누님은 다른 사람 틈에 끼어 긴 벤치에 앉아 기다리고 있었다. 그는 그저 '스님한 분이 서 있구나.' 하는 생각으로 앉아 있는지, 나를 알아보지 못하고 다른 곳만 바라보고 있었다.

"누님!"

누님의 어깨를 툭, 치며 불렀다. 그리고 합장을 했다. 누님은 흠칫, 나를 바라보더니 눈을 크게 치뜨고 어안이 벙벙한 표정으로 넋이 나간 사람처럼 나의 모습만 치켜본 채 말문이 탁, 막힌 듯 우두망찰 벙어리가 되었다. 주변사람들이 힐끗힐끗 바라보았다.

"누님, 나가시지요."

밖으로 나갔다. 걸망을 멘 나는 앞섰고 누님은 뒤 따랐다.

마땅히 이야기할만한 곳이 없었으므로 점심이나 대접하고 보낼 요량으로 조용한 한식요리 집 방으로 들었다. 자리에 앉아서도 누님은 벙어리처럼 말이 없었다. 음식이 들어와 수저를 들었다. 그 때 비로소 누님의 말문이 터졌는데 말문은 울음으로 터졌다.

나는 담담한데 누님은 우느라 밥 한술 뜨지 못했다. 눈물 콧물을 다 흘렸다. 그런 누님을 앞에 두고 나는 식사를 할 수 없었다. 눈물이 거두어지기를 기다려도 누님의 슬픔은 계속되었다. 어떤 말도 할 수 없었다. 노모의 안부조차 물을 수 없었다. 안되겠다 싶어 다시 남원역으로 되돌아갔다. 마침 상행선열차가 있어 표를 끊어 잠시 기다렸다가 기차가 오는 것을 보고 배웅차 안으로 들어갔다. 누님의 눈은 울어서 빨갰다. 내 진眞모습을 보려고 누님은 창가에 앉았다.

　기차가 서서히 뜰 때 나는 조용히 합장을 했다. 그러자 창밖으로 나를바라보던 누님은 다시 우는데 폭발하듯 대성통곡하는 그런 모습을 나는 지금도 기억한다. 말한 마디 서로의 나눔도 없었다. 누님은 바로 아까 말한 그 허무만을 내게 보고 돌아간 것이다.

　허무는 하나라는 본체本體가 사라짐으로서 발생한다. 그것은 곧 하나가 소멸될 때부터 인식되는 무상無狀이며 형상形狀이 없으므로 볼 수도 들을 수도 없다. 죽마고우와 누님은 그런 단면적인 허무만을 내게 본 것이다. 존재하나가 갑자기 소멸됨으로써 결국 허무로 남는 그 본질은 허무라는 비형상이 시작되면서 그 뒤에 새롭게 파생되는 본체요소는 또 다른 세계를 펼쳐 나감이 아닐런가……

산맥등골을 타고 한파가 몰아치고 있었다. 고추바람이 솟구쳐 나뭇가지 울리는 소리가 왱왱대고 있었다. 한파는 그윽한 산사의 밤을 을스산하게 만들었다.

"누님을 만난 것이 잘못되었니라."

"?"

"자네 조카들이 결사적으로 지리산절간을 죄다 뒤집고 다니는 모양이야."

절간소식은 몰아치는 한파만큼이나 빨랐다.

"예?"

"수행에 지장이 되잖느냐, 선방의 입방도 이미 끝났는데."

"……."

"어떻게 할 테냐? 공부를 계속 할 것인지, 세속으로 나갈 것인지 정하거라."

"공부를 계속 하겠습니다."

"그럼 당장 만행을 떠나거라."

"알겠습니다."

그래서 나는 행장을 꾸리고 행전을 매고 노스님께 삼배三拜를 올린 후 삭발본사를 떠나 맹동의 만행길에 나선 것이다.

좌 천룡 우 백호 청산 가지마라

뜬구름 사라지고 겨울 또 온 것처럼

오간 곳 모르게 가지말고 게 있어라
바랑메고 행전둘러 길 떠나 가는 것은
다시 옴의 시작이라 청산 게 있으면
나 또한 있으리라.

뒤돌아본 청산에게 이르며 나는 이렇게 만행 길을 떠났다.

뜻하지 않은 겨울만행은 새로운 본체가 하나로부터 시작되는 허무의 끝과 같은 것이었다. 산사에 노스님을 홀로 남겨두고 삼년 만에 떠나는 삭발본사였다.

겨울하늘에 회색베일이 깔리더니 실눈으로 시작된 눈발이 점차 함박눈으로 변하면서 시야를 방해했다. 그것은 금방 산. 하. 대지를 뒤 덮었다. 높고 낮은 곳도 메워져 종래 분간조차 어려울 만큼 온통 은빛세상으로 변하고 있었다.

무게를 견디지 못한 소나무외틀가지 부러지는 소리는 겨울 산사의 적막을 깨트렸다. 산도 나무도 자연의 섭리를 따라 은빛 속으로 육신을 내 던졌다. 세상은 그렇게 눈이 아리도록 부시운데, 이곳 암자는 탐. 진. 치, 삼독을 회색장삼으로 둘러 가리고 있었다. 번민이 없어야 할 곳에 눈처럼 번민이 쌓여있었다. 주지의 일이며, 부목의 번민이 그랬다.

부목의 말이 다시 나왔다. 나는 그에게 현재의 생활을 존속

시키게 하기 위하여, 승려로써 어떤 진리를 깨우치게 하기에는 현실이 함수정립을 시켜주지 않는다는 최종적인 결론을 내리고 있었다. 그에게는 무리수가 따를 뿐이다.

절간 밥한 그릇 때문에 그는 부목승이 되었지만, 그에게도 자연인自然人으로서 성性이 있다. 또한 '그 행색에 삭발? 반도막 팔에 승복? 거기에 우스울 정도로 작은 키!'이건 결코 아니다. 그를 절간 부목승이 아닌, 절대가치의 존재, 즉, 한 인간으로서 인간 속에서 살도록 정리해주어야 한다고 나는 생각하고 있었다. 그래서 그에겐 현실에 대한 일단의 허무가 필요했다. 지금의 생활을 일시에 소멸시켜, 그것을 본체로 허무를 만들어 주어야 한다고 생각했다. 아울러 무상이 되었을 때 허무가 주는 생활요소는 새롭게 파생될 것이다.

그 씨앗은 이미 뿌려져있었다. 그것은 찰나처럼 이루어져야 했다. 하나를 취하면 하나는 버려야 한다. 양 손이 취하고 있는 것을 발이 나섰다고 해서 더 취해지지 않는다. 그것은 '찻잔에 넘쳐흐르는 쓸모 없는 물'과 다름 아니다. 그렇게 결론을 내린 나는 뒷방 부목을 불렀다.

"네, 스님!"

그는 이제 큰스님 대하듯 머리까지 조아렸다.

"내가 철숙씨를 만나보고 오지요. 마을이장까지도, 기대는 이릅니다."

그는 반색을 했다. 그러나 눈이 녹기를 기다려야 했다. 이레가 지난 후 비로소 산을 내려갈 수 있었다. 철숙이의 집은 마을 맨 뒷 편 외딴초막으로 암자 쪽에서는 첫 집이었다.

"뉘?"

철숙이의 할머니가 방문에 붙은 유리를 통해 울안에 들어선 나를 보고 문을 열었다. 치매기가 있어보였다. 병증으로 고개를 좌우로 줄 곧 흔들고 있었다. 철숙이는 갑작스러운 나의 등장에 할머니의 뒤켠에서 놀라워했지만 이내 반가운 표정을 지었다. 정지 문이 열려있는데 가난한 살림이지만 윤기가 날 만큼 부엌은 깔끔했다. 불편한 몸으로 알뜰한 것을 알 수 있었다. 가까이 본 얼굴은 곱고 예뻤다.

눈은 천진스런 동안童眼이었다. 내가 처음 하월리에 왔을 때 길을 물어보았던 소아마비아가씨였다. 그 때 처음 나를 바라보는 그 표정의 이유와, 눈빛이 던져준 언어의 의미는 오늘에 있었다.

"할머니, 안녕하세요?"

"……."

"귀가 어두운지 말이 없었다.

"할머니, 안녕하세요?"

음성의 톤을 높여 웃으며 말했다.

"엉? 요강 달라고?"

웃음이 나왔지만 참았다. 무심코 방에 들었는데 작은방 하나가 더 있어 보였다. 방안도 깔끔했다. 철숙이가 윗목으로 비키며 아랫목자리를 비웠다. 예의도 바르게 행동했다. 어려워하는 표정이다. 고개를 바로 들지 못했다. 내가 자리에 앉는 걸 보고 따라 앉았다. 배는 이미 불러오기 시작한 것 같았다.

"철숙······,씨?"

"예."

"내가, 왜, 왔는지 알겠어요?"

"예."

"애, 낳아서 정수(부목)씨와 살고 싶지요?"

"예."

철숙이의 얼굴빛이 홍당무가 되었다. 그 대답 한마디와 표정에서 부목에 대한 애정의 정도를 알 수 있었다.

"마을사람들이 정수씨에게 못할 짓 못할 말을 하던데."

"이제 그러지 않을거예요."

"이장님을 만날까 하는데······두 사람 장래를 생각해서."

"네, 그래만 주시면······."

"정수씨와 이집에서 살면 되겠네. 할머니도 함께 보살피고, 방도 둘인데."

"여러 가지 해결만 해 주시면······."

그는 의외로 의견이 깊고 똑똑했다. 의지도 강해 보였고 눈빛도 반짝였다.

"난, 만행승이어서 곧 떠나지만 두 사람문제 도와주고 갈 거예요. 암자에 가면 정수씨 아주 내려 보낼 테니까 올려 보내지 말고, 그대로 할머니모시고 함께 살아요."

그러자 철숙이는 고개를 푸-욱 직수그리고 눈물을 와락 쏟아 내렸다. '투두둑' 낡은 방바닥에 뜨거운 눈물이 떨어졌다. 종래 주체를 하지 못해 꿀떡이며 흐느꼈다. 둘만의 심리 속에 돌처럼 박힌 멍애가 양초처럼 녹아내리고 있었다. 그 모습은 너무도 측은했다. 참으로 괴롭고 외로웠으리라……,

이장을 만났다. 자초지종 둘의 마음을 전하며 당장 살게 할 거라고 했다. 그는 터무니 없을 만큼 자신을 내세웠다.

"철숙이네는 내가 없으면 하월리에서 당장 굶어죽어요. 내가 영세민으로 해놨으니 사는 거지."

"아무렴요. 마을에 이장님 같은 분이 계시니까 큰 다행이지요."

한껏 비위를 맞추고 추켜세웠다.

"제가 떠나면서 이장님께 두 사람을 부탁드리지요. 이장님만 믿겠습니다."

"허! 세상에, 스님같은 분만 주지로 오시면 얼마나 좋을꼬, 내-원, 참."

부목은 추위에 떨며 일주문에 서서 긴 시간을 기다리고 있었다. 말없이 요사로 가는데 그는 궁금하여 졸졸 뒤따라왔다.

나는 먼저 노보살에게 말했다.

"보살님, 지금 쌀한 가마 꺼내도록 하세요."

"아니, 시님, 쌀은 어디 쓰시려구요?"

"보시할 거예요."

"보시요? 알았어요."

이번에는 뒤따라온 부목에게 말했다.

"철숙씨네 가보니까 쌀 한 톨도 없고 굶고 있는데, 뗄 나무도 없어요. 장작 한 지게에 노 보살님 쌀 주거든 가지고 곧바로 내려가세요."

"예? 무슨 말씀인지……."

"가보면 알아요. 옷가지도 다 싸가세요."

내방으로 들었다. 산을 내려간 그는 다시 올라오지 않았다.

2월이 되었지만 음력이 중복되어있었다. 전년에 윤달이 든 까닭이다. 법당마당 아름드리은행나무에 까치집을 두고 까치 떼 울음소리가 유난히 시끄러웠다.

그런 날 절간에는 언제나 새사람이 들어왔다. 행장을 꾸리고 산을 내려간 것은 막차를 타고 나갈 수 있기 때문이다. 바랑을 멘 스님 한 분이 오르고 있었다. 서로 합장을 하며 그에게 물었다.

"어인, 스님이신지?"

"승암사 주지로 부임중이요."

"예? 전. 주지스님은 어찌 됐나요?"

"채탈도첩(승려제적)되었다오."

"!"

스산한 바람이 불었다. 산그늘 진 철숙이의 초막집을 멀리 스쳐가는데 굴뚝에 저녁연기가 모락모락 피어오르고 있었다.

그들은 보이지 않았다. 시동이 걸린 막차에 오르는데,

"현각 스님-"

철숙이 내외가 멀리에서 부르며 뛰어오고 있었다. 산달이 가까워진 만삭의 몸으로 절뚝거리며 뛰어오는 두 내외를 떠나는 차창 밖으로 볼 수 있었다. 멀리 암자주변하늘에는 까치떼가 맴 돌고 있었다.

*

그런 날 절간에는…….

3
묘법연화

妙法蓮花

내게는 딱히 행선지가 마련되어있는 건 아니다. 시커먼 겨울밤에 가까운 산중절간을 찾아가는 것도 결례가 될 게 빤한 일, 인적 끊긴 읍내거리를 떠돌다가 밤시간을 보내기 안성맞춤인 상행선열차에 망연히 오르고 본 것이다.

3

묘법연화

妙法蓮花

　객실통로는 발 디딜 틈이 없었다. 서민에게는 유일한 완행 열차여서 작은 시골 역까지 쉬어가는 걸 열차는 잊지 않았다. 때문에 내리는 이보다 오르는 사람이 갈수록 늘어만 갔다.

　거기에 비례해 의자틈바구니며 유리창머리선반까지 짐 보따리들은 객실공간을 더욱 비좁게 만들었다.

　같은 시간대, 복선철길을 비켜가는 하행선은 홍익회 매점 이동카가 통로의 사람사이를 비집고 이동하는 것이 스쳐보였다. 그러나 상행선의 경우 아예 홍익회가 장사를 포기할 정도로 꽉 메워진 통로를 나는 바랑 끈을 바짝 움켜쥐고 비집고 들어갔다.

그리고 중간쯤 이르러 조금은 여유로운 날바닥에 아무렇게나 구겨진 신문지뭉테기처럼 잔뜩 쪼그리고 앉아 잠을 청했다.

다른 승객들도 그리기는 마찬가지로 행색 또한 구구각색의 공간은 퀴퀴한 짐 보따리 냄새와, 겨울인데도 사람틈바구니에서 각기 다른 습기 찬 냄새와 석탄열차의 매캐한 연기냄새가 혼재되어있었다. 실내 훈짐을 느낄 때서야 코끝 후각이 무디어졌기 때문에 견딜 수 있었다. 비좁은 불편을 감수하며 상행선을 탄 목적 또한 제 각각일 것이다. 또 이것이 서민이 살아가는 모습이기도 했다.

내게는 딱히 행선지가 마련되어있는 건 아니다. 시커먼 겨울밤에 가까운 산중절간을 찾아가는 것도 결례가 될 게 빤한 일, 인적 끊긴 읍내거리를 떠돌다가 밤시간을 보내기 안성맞춤인 상행선열차에 망연히 오르고 본 것이다.

비좁게 앉은 곳이 깊은 잠을 청하기에는 오히려 사치로 느껴졌다. 옹색한 잠자리는 눈을 감았지만 귀는 열려있어 좁은 통로를 비집고 들어올 때처럼, 온갖 소리들이 고막을 마구 두드려댔다.

눈만 붙인 곁 잠일 수밖에 없었다. 그렇게 얼만큼이나 잤을까? 그런 나를 누군가 깨웠다. 눈꺼풀이 딱풀을 발라 마른 것처럼 떨어지지 않았다.

"사형, 사형! 현각賢覺사형!"

내 법명法名을 아는 이가 없는데 그 소리에 조금 놀라 겨우 반쯤 열린 눈으로 바라보았다. 행색이 나와 비슷한 젊은 승僧이 아름거렸다. 망원렌즈를 끼운 카메라로 상을 끌어당긴 것처럼 그의 얼굴이 갑자기 확대되어 보인 것은 광궤의 열차가 흔들린 이유였다.

"아니, 이게, 현법賢法 아닌가?"

"아유-, 사형! 대체 어딜 가는 길이우?"

그는 옆 사람의 눈치도 아랑곳없이 비집고 앉으며 말했다.

"어떻게 된 거야 현법!"

"허허허……."

그는 역시 티 없이 웃었다.

"어디에서 탔는가?"

"서 대전에서죠. 막 열차에 오르니까 스님한 분이 보여서 비집고 들어왔지요. 주무시는데 자세히 보니 글쎄 사형 아니겠우?"

"수계일 받아놓고 현법은 갑자기 어디로 사라진 거야?"

"허허허, 그럴만한 이유가 있지요. 그때 수계 일을 받아놓고 한밤중에 대웅전에서 좌선을 하지 않았겠우? 제가 수계를 받는다는 걸 알고 벌써 정보부에서 방해를 붙이기 시작한 걸 제가 눈치 챈 거지요."

그는 또 알 수 없는 말을 했다. '정보부'말이 나오자 의자에 앉은 주변승객들이 힐끗힐끗 그를 바라보았다.

"어떻게 방해를 붙이던가?"

나는 굳이 필요도 없는 질문을 했다.

"글쎄, 사형하고 저하고 수계일이 잡혔지 않아요? 그 때 정보부요원이 벌써 사찰주변에 포진해 있다는 걸 알게 됐지요. 순전히 제가 수계받는 걸 방해할 목적으로."

"어떻게?"

"거, 있잖아요? 그 너구리란 놈이 조금 벌어진 법당문을 고양이처럼 앞발로 열고, 달빛에 두 눈을 반짝이며 좌선하는 저를 뚫어지게 바라보는 게 아니겠어요? 그건 이미 정보부요원에게 훈련된 너구리였지요. 그걸 안 이상 수계를 받을 때까지 머문다는 건 무리가 아닙니까?"

"저런! 현법 아우. 그 너구리는 이미 내가 입산했을 때부터 사찰주변에 살던 거야, 그 후 삼년이 되는 해 자네가 나타났는데 말이 안되잖아!"

"차-암 사형도, 제가 후일 사형과 수계를 받게 된다는 걸 내다보고 그 너구리가 사형을 잘 따르도록 훈련시켜 미리 보냈던 거예요. 그러니까 정보부란 거지요! 정보부란 바로 그런 데예요."

"그래?"

나는 그냥 대답을 해주었다. 또 나는 그와의 대화에서 내용의 진眞,부不에 관계없이 그저 대답을 해주는 일에 익숙해져 있었다.

그가 말하는 너구리란 내가 입산했던 그해 혹독한 겨울이었다. 내가 요사뒷방에 기거하고 있을 때 아궁이 옆 나무 섶에서 겨울을 나던 너구리였다.

어느 날 이른 새벽, 예불을 모시려고 두텁게 옷을 입고 방문을 열었을 때 너구리한 마리가 땔감으로 쌓아둔 나무 섶에서 '툭' 튀어나왔다. 맹동을 참기 어려웠던지 내가 예불을 모시고 돌아왔을 때, 그 녀석은 나를 무서워하지 않고 나무 섶 위에 다시 돌아와 눈을 반짝이고 있었다. 나는 그녀석이 자리 잡은 나무 섶을 건들지 않았고 그곳에 따뜻한 것을 마련해 아주 자리를 잡아주었다. 그녀석은 곧 나와 친해지게 되었고, 절마당에서 도량석을 할 때 고개를 갸웃거리며 내 뒤를 따르기도 했다.

한번은 어느 여름날, 경내에 뱀 한마리가 나타났는데 어디선가 그녀석이 나타나 뱀을 잡아먹지 않고, 가볍게 입으로 물고 경내 밖으로 질질끌고 가 놓아주고 나를 바라보는 것이었다.

짐승이었지만 불성佛性이 있고 오계五戒 중 '불살생不殺生'을 보여주는 참으로 신통한 놈이었다. '절크덕, 절크덕.' 열차는 새벽공기를 가르며 어둠 속을 질주했다. 바랑을 맨 몸이 가볍게 흔들렸다. 그가 말하는 너구리는 바로 그 너구리를 말하고 있었다.

현법, 그는 허무를 쫓고 있었다. 그가 쫓는 허무는 곧 그의 수행이기도 했다. 또 그의 말은 요술 같기도 했다. 그래서 그를 보면 바라문종족 가섭존자의 게송이 생각나기도 했다.

'몸이 진실치 않음을 보면 그것이 부처를 봄이요. 마음이 요술 같음을 알면 그것이 부처를 아는 것이요. 몸과 마음의 본성이 공함을 알면 그 사람은 부처와 무엇이 다르랴.'

그의 허무는 무상無像인 만큼, 금방 허무가 되어 무너지면 새로운 본체가 나타나 또 다른 존재를 만들어 가지만 그것은 또 허무가 되었다.

내가 그를 처음만난 것은 입산 삼년이 되는 늦가을이었다.

일찍 여문 호박을 따서 호박죽으로 점심공양을 들 때의 일이어서 그 기억이 생생하다. 발우에 호박죽을 담아 뜨겁게 먹고 있는데 일주문 밖 가파른 돌계단을 바랑을 멘 젊은 객승 하나가 오르고 있었다.

그는 대웅전을 향해 먼저 합장하고 마루에 앉아계신 노스님께 반배 한 후, 다시 마루로 올라와 삼배三拜를 올렸다. 낡음낡음한 옷자락과 행전을 멘 것이며, 오랜 기간 수행을 함직한 승풍이 몸에 배었고, 갓 수계를 받은 사미승 티는 전혀 나지 않았다. 그야말로 수행만 하는 '운수납자雲水納者' 모습 그대로였다. 노스님께서도 그렇게 인식하는 것 같았다.

스님께서 염주알을 굴리며 그에게 물었다.

"은사는 누구며 본사本寺는 어딘고?"

"없습니다. 이렇게 만행만 하고 있습니다."

"그럼 법명도 없겠구만?"

"없습니다."

"그래?"

그런 대화를 듣고 나는 내 처소로 돌아와 경전을 보고 있었다.

"소승입니다."

"드시오."

그가 들어왔고 서로 일배로 인사를 나누었다.

그가 말했다.

"사형으로 모시게 되었습니다."

"사형이라뇨? 나는 아직 행자인데."

"저 역시 수계를 받지 못했습니다. 노스님의 제자로 승낙을 받았습니다. 그러니 뒤늦은 제가 마땅히 사제가 되는 거지요."

그는 겸손했고 승풍이 앞서 있었다. 심심치는 않게 되었다는 생각과 도반이 생긴 것에 내심 반가웠다. 그가 쓰는 처소가 따로 마련되었다. 공부만 하는 학승답게 수행자들이 다 그렇듯 그의 눈은 맑고 인상이 좋아 보였다. 항상 웃음을 잃지 않았고 평소에는 '사형,사형' 하며 나를 잘 따르며 붙임성도 좋았다.

그와의 하루 일과는 같이 이루어 졌고 경전공부도 같이했다. 땔감으로 나무를 할 때 다 같이 지게를 메고 고산을 올랐는데 그는 언제나 입에서 말이 끊이지 않았다. 그 때문에 내 곁을 떠나지 않았다. 그의 지게에는 한 아름도 안 되는 나무가 새끼줄에 묶여 지게 한쪽에 달랑달랑 매달려 있을 수밖에 없었다.

그러나 나는 그것을 탓하지 않았다. 하지만 그는 경전을 공부할 때만큼은 말없이 충실했다. 읽고 해석하고 노스님의 질문에는 논리정연하게 대답했고 도량석을 하거나 예불을 하거나, 사시불공까지 이미 숙지하여 사미과정은 이수되어 있었다.

삼 개월이 지난 후 노스님은 그에게 법명法名을 지어주었다.

"사형! 노스님께 법명게문法名偈文을 받았습니다."

칠언절구七言絶句 내용 하단에 그의 법명은 돌림자 현賢자를 써서 현법賢法이라 써 있었다.

"어때요? 제 법명, 현법."

"현각에 현법이라-, 내 법명과 묶어서 불러도 한 구절 법문이 되겠구만."

"그렇죠? 그리고 보니 사형과 저는 인연이 있는가 봅니다."

사문沙門의 형제요, 도반으로서 둘이 잘 어울리는 법명이라 생각되었다. 또 노스님께서 삼 개월 동안 그의 모든 면면을 관찰한 후 내린 법명인 만큼 나는 그를 사제로서 각별히 생각했다.

불가佛家로는 세속의 형제와 같은 것이다. 해서 나는, 그가 줄곧 쉬지 않고 하는 말에 대해서 '그래?', '오! 그랬는가?' 하는 식으로 그의 말에 대해서 내용이야 어떻든 늘 받아주는 걸 잊지 않았다.

어느 날이었다.

"현법! 오늘은 나무를 하러 가세. 뒤따르게."

"예, 그러지요."

둘은 각자의 지게를 메고 산을 올랐다. 도량을 벗어나자 그의 입놀림은 또 시작되었다. 전투비행기 두 대가 훈련을 하는지 굉음을 내며 순식간에 고산을 스쳐 어디론가 사라졌다.

"사형, 사형! 비행기소리를 들으셨죠? 저놈들이 나의 수행을 또 방해하는군요. 저녀석들은 정보가 빠른 놈들 이지요. 저를 이미 정찰하고 간 겁니다. 미친놈들! 나하나 때문에 전투기를 두 대나 동원하다니⋯⋯."

"그래?"

"곧 또 나타날 겁니다. 공중촬영을 못했거든요."

나뭇단을 지게에 멜 때 우연치 않게 아까의 비행기가 똑같은 굉음으로 또 지나갔다. 잦은 일이었다.

"사형! 거 보세요. 내 말이 맞지요?"

"오! 정말이네?"

나는 그냥 대답을 해주었다.

"순식간에 사진을 찍고 간 겁니다. 사형도 사진에 함께 나올 겁니다."

"사진이 잘나왔으면 좋겠는데?"

이런 그와의 대화가 잦아질수록 나는 그의 행적이 궁금해졌다.

"현법! 어떻게 이곳으로 오게 되었나?"

나무지게를 받쳐놓고 바위에 걸터앉으며 물었다.

"그래요. 궁금하지요?"

그는 돌돌 말아 손에 쥐고 있던 묘법연화경妙法蓮華經 책을 깔고 앉으며 말했다. 그는 언제나 자신의 분신처럼 묘법연화경을 손에서 떼지 않았다.

"제가 오기전날 밤이었지요. 경기도 양평에서 서울로 나와 고속버스를 타고 광주로 내려오는 중이었지요. 신혼부부인성 싶은 남녀가 운전석 뒷켠 중앙에 앉았고, 나는 반대편 뒷쪽에 자리를 잡았는데, 막차라서 승객이라야 그들 두 사람과 나까지 고작 세 사람뿐이었지요. 실내는 미등만 희미한데, 나는 의자를 약간 뒤로 젖히고 반쯤 누운 자세로 실눈을 뜬 채 그들을 응시하고 있었지요."

"왜, 응시를 했나? 잠이나 푹 잘 일이지."

"왜라뇨? 그것은 그들이 나처럼 가만히 있지 않고 줄곧 얼굴을 맞대고 무어라 말을 하는지 돌연 수상 끼가 든 거죠. 즉 공작을 꾸미고 있었던 거죠. 그들은 정보부요원으로 저의 수행을 방해할 목적으로 미인계까지 쓴 겁니다."

"그걸 무엇으로 단정했지?"

"갑자기 여자가 '휙' 고개를 돌려 일단 저의 동태를 확인까지 하지 뭡니까! 그러자 제가 실눈으로 자신들을 보고 있다는 걸 눈치 채고, 얼른 키스하는 척하는 게 아닙니까? 쪽, 소리가 제 귀에 들리도록 말입니다. 자기들이 정보부요원이라는 걸 제가 모를 리 없지요."

나는 그의 심성을 파헤쳐보고자 계속 질문을 던졌다.

"그래서 어떻게 했는가?"

"다행히 옥천휴게소에서 그들이 화장실을 간 사이에 막 출발하는 트럭을 얻어 탔는데, 그걸 타고 남원까지 온 것이 지리산 사형이 계시는 곳까지 오게 된 거지요. 그들은 나를 놓친 게 아마 분이 났을 겁니다."

그는 아주 정상인처럼 말했다.

모든 사람이 범인이건 성인이건 평등한 진실의 본질을 가지고 있다. 다만 외래적인 망령에 사로잡혀 그 본질을 실현할 수 없는 것이다. 본래의 진실로 돌아가 망념을 떨쳐버리고, 벽과 같은 조용한 상태를 유지하여 굳게 동요하지 않고, 그야말로 고요한 가운데 진리와 합일合一되어 분별을 가할 필요 없이 앉아, 상념 적 작위作爲가 없게 될 때, 비로소 선정禪正에 들었다고 할 것이다. 또 그것을 도道라 이를 것이다.

현법사제의 경우 그런 본질을 다분히 지니고 있었다. 자기 진실로 들어가 망념을 떨칠 줄도 알았고 무상무념無像無念의 상태로, 고요한 가운데 정말 진리와 합일된 것 같은, 좌선의 심오한 태도를 느낄 수도 있었다.

그러나 비행기의 굉음 하나를 보고 듣고, 무상의 망념 같은 외형적으로 엉뚱함을 볼 때, 그의 심상 속에 내재된 그 무엇인가가 그에게 허무를 싹 틔우고 있었다.

또 그는 경전을 보다가 자기 철학적 논리를 제기하면서 우연히 문학을 예기할 때 '문학과 철학의 결합'의 사史적 배경을 논하기도 했고, 독일의 작가 헤르만브로흐 작품에 대하여 철학적으로 분석해 보이기도 했으며 또, 프랑스 실존주의 작가들이 영감에 의한 '철학과 문학의 사유과정'을 결코 분리할 수 없다는 명쾌한 논리를 펴 보이기도 했다. 머릿속에 큰 글 뒤주가 들어있는 친구였다.

어쨌든 결과적으로 그의 쉴 사이 없는 말에도 진, 부眞.不의 분별을 하지 않고 항상 긍정적인 대답으로 일관했던 것이, 그의 심상 속에 깊이 들어가 볼 수 있는 소득을 제공했고, 내재된 것에 대한 분석을 할 수 있는 무엇인가가 확증(?) 될 때쯤 그는 내게 허무를 던져놓고 연기처럼 사라져 버렸다. 나에게 단 한마디 글발도 남겨놓지 않았다.

그러니까, 본사수계를 받기 스무날 전이었다. 노스님께서 나와 현법을 불렀다. 노스님 방에 들었을 때 승복을 짓는다는 보살님 한 분이 와 있었고 줄자를 가지고 둘의 칫수를 재고 나간 후 스님께서 말씀 하셨다.

"수계일이 음력 시월 스무 날로 잡혔으니 그리들 알고 특히 현각은 삼년동안 부목負木일에 공부하랴, 강원 나가랴 고생 많았지?"

한껏 내게 치사를 하며 둘은 수계도 같이 받으려니와 속가의 형제와 같이 항상 서로 생각하라는 말씀도 잊지 않으셨다. 또 자경문自警文의 대자위형소자위제大者爲兄小者爲弟를 재삼 강조하시며 도반으로서 서로 챙기라 이르셨다. 현법과 나는 수계동기에 아울러 사형사제관계라는 특별한 인연이 맺어지게 된 것이다.

노스님께서 우리들의 사미오계 수지를 위한 대법회를 준비 중에 있었다. 몸의 칫수를 잰지 열흘 만에 승복과 법의法衣가 도착했다. 우리는 입어보고 서로 옷고름을 매어주고 그랬던 그가 수계 며칠을 남겨놓고 홀연히 사라져버린 것이다. 그가 그렇게 사라져 버린 날, 그는 새벽 예불에 나타나지 않았다.

'피곤해서겠지'라는 생각으로 스쳐버렸지만 예불 후 도량의 낙엽을 치우는 일에도 그는 모습을 보이지 않았다. 혹시 아프기라도? 하는 생각에 그의 방문을 열어본 뒤에야 그가 떠났다는 것을 알 수 있었다. 수계일이 잡혔고 당일 입을 승복을 입어보고 만족해하던 그가 떠나리라고는 추호도 예상하지 못했다.

그의 방에는 새로 지은 승복만이 덩그러니 벽 중앙 왕대나무

화대에 주인을 잃은 채 걸려있었다.

　수계는 혼자 받게 되었다. 수계법회가 끝나고 대중이 모두 돌아간 뒤 노스님은 대웅전에서 나이 칠순의 보살님한 분과 이야기를 하고 있었다. 그는 침울한 표정이었고 호주머니에서는 염주알 굴리는 소리가 들렸다. 노스님과 대화를 하면서도 그는 관세음보살을 암송하는 것이었다. 그가 말했다.

　"얼마 전, 아들(현법)에게 전화가 왔었지요. 수계를 받게 되었다는……."

　"……."

　노스님은 허망해서인지 아무 말씀도 하지 않았다.

　"이런 일이 한두 번이 아닙니다."

　"……."

　"어디 선가 또 연락이 오겠지요."

　현법의 모친인 걸 알 수 있었다.

　"현법이 입산 전 어떤 일이 신변에 있었나요?"

　옆에 있던 내가 물었다.

　"……."

　그의 모친은 아무 말 없이 눈물을 훔쳤다.

　그리고 생각하고 싶지 않다는 듯 꺼리면서도 몸을 내게 돌려 앉으며 말했다.

현법, 그는 독자였다. S대 철학과의 수재로서 장학생이었다. 부친의 학력 또한 높아 관직에 큰 뜻을 두었으나 조부와 숙부의 과거 사상에 의한 월북사건이 있어 연좌제가 해당되어 뜻을 이루기는 커녕, 삶을 영위하는데 많은 제약을 받는 것에 비관을 해오던 부친은 현법의 나이 열두 살에 젊은 나이로 자살을 하고 말았다.

자살의 이유는 그가 대학생이 되면서 알게 되었다. 또한 부친의 연좌제로 인한 심적 어려움도 컸었다는 걸 후 일에야 알게 되었고, 자신에 대한 기관의 이상한 행동을 연좌제와 연결시켜 생각하는 게 무리는 아니었다. 그 자신의 순수한 철학적 사고는 돌변하여 결국 학생운동에 깊이 관여하게 되었다.

또한 자신의 학문을 토대로 좌익적 사고논리로 서술하는 데까지 진입하여 활자화된 내용은 운동권에 적지 않은 영향을 파급시켰다. 그로 인하여 그는 보이지 않는 운동권의 두뇌역할을 하면서 급기야 정보부의 감시대상을 초월한 제거대상이 되어 쫓기게 되었다. 그러나 그는 결코 좌익사상을 선동하거나 찬양하지는 않았다. 그 나름대로의 국익에 유익한 철학적 사고와 현 정권의 모순성을 지적하였지만 허망한 꿈이 임의대로 진

행되지 않듯이, 그의 철학은 운동권에 의해서 왜곡된 활자로 뿌려지고, 그렇게 활동을 한 것이 결정적 화근이 되었다.

　그가 쥐도 새도 모르게 기관에 끌려갔지만 그것을 아무도 몰랐다. 그는 세상에 알려지지 않은 채, 삼 개월이 지난 후 그의 의식이 비정상이 되고서야 비로소 풀려나 집으로 돌아올 수 있었다. 그는 일체 외출을 삼갔다. 그것은 병적이었다.

　그가 처음 정보부 말을 처음 꺼낸 것은 그 때였다.

　"어머니! 나, 집에 있다간 안 되겠어요."

　"아니, 이 밤에 갑자기 무슨 말이냐?"

　"저기, 창문 밖을 보세요."

　어머니가 창문을 열었을 때, 창문과 떨어진 뒷골목 가로등 옆에는 술에 취한 누군가가 가로등을 기대고 앉아 구토를 하고 있었다.

　"무얼 보라는 것이냐?"

　"정보부요원이 술에 취한 척 저를 감시하고 있는 거예요."

　"무슨 말이냐? 그냥 지나가는 사람인데."

　그런 일이 있은 후 이틀이 되어 그는 집을 떠나고 말았다.

　그는 속가의 모친에게도 허무를 던졌다. 나는 곁에 앉은 현법에게 모친의 이야기를 해주지 않았다. 이런 일이 한두 번이 아니었다는 그의 모친의 말이 생각났기 때문이기도 했지만, 그가 어떻게 불가와 인연을 지었는지 모르나, 그의 심상 속에 과거의 사건잔재보다는 불교적사고와 철학이 훨씬 강하게 그를 지배하고 있기 때문이었다. 그 불교적 지배력이 그의 과거잔재를 허무로 만들어가고 있다는 확신을 가지고 있기 때문에, 굳이 모친의 말을 했다고 해서 당장 그가 크게 달라지지 않으리라는 결론에서였다.

그의 정신심리 속에는 두 개의 습쯥이 공존하고 있었다.

그 하나는 육신을 가지고 있으면서 이미 살아온 전생前生에서 던져진 아라야식阿懶耶識으로 윤회도상에 있는 것이었고, 다른 하나는 현실은 인간계지만 그에게는 전생의 인간계에서 지금의 현실이 그 사후세계인 중음계中陰界 안에 있는 것과 다름 아닌 것이었다.

현실적으로 보면 육체를 떠나지 않은 전생의 혼령이 아니고 무엇이랴. 즉 그의 일거수일투족은 아라야식 안에 있는 종자種子가 인因이 되어 결과가 되는 인과因果 속에서 자신의 현실이 전개되고 있는 것이다.

나我의 본체는 육신이 아니라 심心이다. 육신은 마음자리인

심心에 의해 움직이며 활동한다. 마음 갖기에 따라 탐. 진. 치, 삼독을 소유하기도 하지만, 그 모든 것을 멀리 여읠 줄도 안다. 즉, 마음먹기에 달려있다는 것이다. 그 모든 것이 습習이 되어 결국 사후세계까지 그 습이 심안의 본체를 지배하여 이끌어 간다.

인간이 숨을 거두고 나면 '나'라는 당체의 심心은 육신을 떠나고 그것은 쉬이 아는 혼백, 즉 영혼이다. 그것이 바로 아라야식이다.

그 식은 생전 살아오는 동안의 습관에 의한 좋고善性 나쁨惡性. 즉, 선함과 악함의 구별과 그 집착정도에 따라 강한 어느 한쪽이 영혼을 이끌고 윤회가 이루어질 때까지 중음계를 방황하는 것이다. 연기와도 같은 영혼은 안眼.이耳.비鼻.설舌.신身의 오근五根의 기능을 가지고 있지만 육신이 없다. 그러나 그 오근을 모두 활용한다. 영혼은 육신을 필요로 하면서 윤회의 길로 들어가려 하지만, 앞서 말한 식의 구별에서 악성의 인자가 소멸되고, 선성인자가 증장하여 지혜를 얻었을 때, 비로소 바른 윤회를 한다고 본다.

그러지 못할 때, 악성의 인과업보에 따라 축생의 몸으로 윤회하였다고 보자. 그것은 지옥과 진배없는 것이다.

현법의 현실을 여기에 비유할 때, 그의 악성(정보부)이 그의 정신을 지배하고 중음계를 방황하듯 그를 끌고 다니는 것이다. 다행히 그는 불법을 만남으로써, 과거 악습을 지배할 수 있는 초유의 힘이 그의 허무를 통한 만행의 수행을 통하여 증장되고 있다는 것을 나는 확신하고 있기 때문에, 큰 다행이 아닐 수 없었다. 또 그는 스스로 그러한 진리를 자각하고 허무를 동반한 수행을 하고 있는 것일지도 몰랐다.

"사형, 목적지는 어디우?"

"현법과 같아, 그저 서울 행 표만 끊었지, 정해져 있는 건 아니야."

"사형과 저는 인연이 있는가 보죠? 이렇게 만행 중에 만난 것도 그렇고, 왜 노스님 시봉도 안하고 나온 거예요?"

"난 그곳에 삼년이 넘도록 있었는 걸, 수계를 받았으니 떠나는 게 당연하지."

"그렇지요, 떠나서 또 공부를 해야지요."

"좋은 법사스님을 만났으면 좋겠네."

이런 대화에서 그는 지극히 정상이었다. 옆 사람의 힐끗거림도 있을 이유가 없었다. 그러나 그것은 잠시였다. 재차 질문을 한 것이 잘못이었다.

"왜, 하필이면 밤 열차를 탔는가?"

"정보부요원 때문이었죠."

"또, 그 놈의 정보부야?"

"제가 대전에서 서산으로 사찰을 옮기는 중이었지요. 택시를 탔는데, 아, 글쎄 택시기사가 위장한 정보부요원이었지 뭡니까?"

그는 정보부 말을 또 꺼낸 것이다. 주변승객들이 힐끗 거리며 그를 또 응시했다.

"어떻게?"

이렇게 묻는 나까지도 주변승객들에게 관심거리가 되었을 것이다. 그러나 나는 괘념치 않았다. 질문을 자꾸 던짐으로써 그의 심성을 지배하는 악성의 요인에 더 가까이 접근하여보고자 함이었다.

"처음엔 택시기사가 정보부요원이라는 걸 전혀 눈치 채지 못했지요. 나중에 일정한 간격을 두고 한사람씩 세사람을 더 태웠는데 모두가 정보부요원이라는 걸 스스로 눈치챈 거지요."

"어떤 근거로 그렇게 단정했지?"

"제가 뒷좌석에 처음 앉았는데 앞자리까지 모두 앉게 되었을 땐 저는 문이 열리지 않는 운전석 뒤쪽으로 밀쳐 앉아 그들에게 삽시에 포위되고 만 거지요."

그는 합승을 말하고 있었다. 주변에서 키득거리는 소리가 들려왔다.

"그래서?"

"서산가는 걸 포기하고 서 대전 역에서 내렸죠. 그 중 하나가 같이 내렸는데 아마 나를 찾고 있는지도 모르죠. 지시를 받았을 테니깐, 그런 식으로 그들은 나의 수행을 전격적으로 방해하고 있는 겁니다. 나쁜 놈들."

"그래? 앞으로 그들을 어떻게 이길 건가?"

나는 본 질문에 들어갔다. 그의 수행을 바탕으로 하는 가능성을 보기위해서다.

"수행으로 용맹정진 하는 수밖에 없죠."

"허! 수행? 용맹정진? 이런 식의 만행으로 그들을 이길 수 있다는 거야? 자네가 수행하는 방식은 화두 없는 떠돌이만행에 불과해! 승복만 걸치고 절마다 떠돌아다닐 뿐이지."

나는 화가 난 듯 크게 나무라며 음성의 톤을 높여 말했다. 현법의 엉뚱한 말에 키득거리던 주변승객들이 일변 조용해졌다.

"사형! 뭐라 구요? 화두 없는 떠돌이만행? 승복만 걸친 거라고?"

그의 언성은 나의 언성의 톤과 속도를 앞질렀다. 그것은 내가 바라던 것이었다. 그에게 그런 심적인 충격이 필요했다.

그가 화를 냈고, 언성이 높아진 것은 드디어 그가 정보부라는 악성의 굴레에서 찰나적으로나마 벗어나는 순간이었다. 내가 그의 화를 돋운 것은 정보부라는 악성과 선정禪定의 도심道心

경지에 선성善性을 증장시켜 말뚝처럼 박힌 악성인자를 그의 뇌리 속에서 사라지게 하려는 의도였다.

"사형! 그 말씀을 당장 취소해 주세요."

"무슨 말?"

"화두 없는 떠돌이만행! 승복만 걸쳤다는 말씀이요."

"못해! 사실이 그러니까."

나는 단호했다. 다툼이 일었다. 그는 증오하듯 정말 화난 얼굴이었다. 처음 보는 표정이었다.

"사실이 어떻다는 거요? 사형?"

"지금은 동안거결재(참선)철이야. 나는 그렇다 치고 왜 선방에 들어가지 않고 떠도나? 선방에 틀어박혀 있으면 자네가 말하는 그 정보부가 선방까지 들어와 자네의 수행을 방해하지 않을 것 아닌가."

"……."

그러자 그는 갑자기 묵언했다. 나의 질타에 자신의 뇌리 속에 못처럼 박힌 악성과 선성의 사이에서 변별의 자성을 보이는 기미마저 감지되었다.

"하기야 자넨 승적(승려호적)도 없으니 선방에 방부房負도 청할 수 없겠구만……."

"승적?"

"그래, 수계도 받지 않고 사라져 버렸으니 노스님께서 승적에나 올렸겠나. 그러니 선방에서 받아줄 리도 없겠지."

"……."

이쯤 이르자, 그는 자기본성을 찾는 듯 했다.

힐끗거리고 웃기도 하던 주변승객들이 우리들의 대화를 통해 전 후 사정을 어느 정도 알았음인지 달라진 표정으로 응시했다.

"사형……, 어떻게 할까요?"

지극히 정상적인 질문을 그는 던졌다. 내가 바라던 질문이기도 했다. 그의 눈빛이 처음으로 반짝이는 순간도 보았다. 나는 그를 그냥 가볍게 스쳐버릴 수도 있었다. 그러나 본사에서의 그와의 몇 개월 동안의 인연은 막상 그렇게 놔두지 않았다. 따지면 승가문중으로서 사제라면 사제가 될 뻔 한 그를 사제로서 인정하고 싶었다. 아니, 사제로 만들고 싶었다. 그래서 그의 자성을 찾아주려는 집착이 일어난 것이다.

"노스님께 돌아가게."

"……."

"자네가 쓰던 방에 자네 승복이 치워지지 않고 덩그러니 화대에 걸려있다면, 노스님께서 자네를 기다린 것으로 봐도 되네. 노스님은 그럴 분이야."

"……."

그의 눈빛이 일순 반짝였다.

그는 또 묵언했다. 그러나 그의 묵언은 예사로운 묵언이 아니었다. 어딘가 모를 비장함으로 눈빛이 달라보였다. 낡음 낡음한 행전, 겨울인데도 갈아입지 못한 땟국에 절은 추워 보이는 엷은 광목기지의 잿빛 승복, 곧 떨어져버릴 것 같은 바랑 끈, 그는 주변을 둘러보며 자신의 행색을 보기도 했다. 책갈피가 닳아진 묘법연화경을 돌돌 말아 손에 쥔 채였다.

"현법! 자네 모친이 수계 일에 다녀가셨네. 자네의 수계받는 모습을 보시려고."

이제는 그에게 도움이 될 것 같아 그 말을 해 주었다.

"어머니요?"

"그래, 자네 노모말이야. 우시더군."

"……"

"뵌지 얼마나 되는가?"

"한 15년 쯤……."

"자네 노모께선 자네가 수계라도 정식으로 받기를 원하시는 것 같았어."

"……"

그는 조금 전보다 생각과 표정이 많이 안정되어 보였다. 굽어진 철길을 돌면서 열차는 길게 기적을 울렸다.

육중한 쇠바퀴가 레일의 이음새를 구를 때 철그덕거리는 쇠
갉음 소리가 유독 크게 들렸다. 몸이 한쪽으로 쏠렸다.

"사형 눈 좀 붙입시다."

그가 불편했던지 어깨의 바랑을 풀어 내 옆에 놓으며 말했다.
그는 피곤해 보였다.

"그래. 어서 자게. 난 자네가 깨우기 전에 잠을 좀 잤지."

그는 의자모서리에 기댄 채 곧 잠이 들었다. 그의 바랑을 보
았다. 내용물이 없는 탓인지 후줄근해보였다. 바랑 끈을 풀어
슬며시 펼쳐보았다. 있는 물건이라야 입고 있는 승복보다 더
낡은 세탁되지 않은 옷 한 벌에, 양말 두 켤레와 손에 쥔 책갈
피가 낡음거리는 묘법연화경뿐이었다.

'어찌 저 옷 한 벌로 이 겨울을 날꼬.' 그가 애처로웠다. 나의
바랑 끈을 풀렀다. 내가 만행을 떠나면서 노스님이 마련해준
포장도 뜯지 않은 내복한 벌을 그의 바랑 속에 넣었다. 겨울승
복 한 벌도 같이 넣었다.

어디에선가 열차가 멈추었다. 곤히 잠든 그를 놓아두고 열차에
서 내렸을 때, 보슬보슬 겨울비가 내리고 있었다. 역내가로등불
빛에 비친 안내판에 수원이라 쓰여진 글자가 비사이로 흐려보
였다. 날이 밝았을 때 현법이 다시 노스님께 귀의 할 거라는 내
용의 엽서한 장을 띄웠다.

홀연히 먼 산, 드높은 산자락숲속에 법당지붕기와가 여름햇살에 희끗희끗 비추는 것을 보고, '저기가 절간이려니.' 생각하고 계곡물 속에 온몸을 던져가며 올라, 여름한철 정진하기도 했고, 눈보라 칼바람에 고개 숙이며 가까스로 오른 어느 암자에서, 홀로 입적하는 한 노스님의 쓸쓸한 열반게송을 들으며 나의 만행은 지속되었다. 현법의 기억은 아득하게 멀어졌고 다시 볼 수 없었다. 중음계 같은 사바세계를 지금도 떠돌고 있는지, 아니면 나의 충고를 따른 것인지 알 수 없었다.

따지면 그는 희생양이었다. 민주화의 함성을 부르짖는 자들을 정부는 그렇게 몰아쳤다. 연좌제라는 궤적으로 진정한 자들까지 옭아매어 그들의 지식과 인간으로서의 가치를 궤멸시킴으로써, 자신들의 정부를 정당화 했다. 그들이 지닌 여러 분야의 현학적衒學的 드높은 지식이 들어있는 글 뒤주를 열지 못하도록 못을 박았다.

그러나 내가 먼 후일, 그의 소식을 접한 것은 만행을 끝내고 몇 개의 사寺, 암庵 주지를 역임한 뒤 어느 지방교구본사에서 주요 삼직(종무. 교무. 재무.) 중 하나인 교무국장소임을 볼 때였다.

교무국장의 소임은 승려의 교육, 수계, 승려법계고시, 학술 문화, 역경 및 불서발간 같은 것이었다. 총무원에서 승려법계 고시에 관한 교시가 내려왔을 때였다. 승려의 법계란 수행정 도에 따라 5년에 한 번씩 고시를 통하여 계급을 품수해주는 일종의 계단이며 제도로, 계급은 대선大選, 중덕中德, 대덕大 德, 종덕宗德 순으로 이어 종사宗師, 대종사大宗師까지 이르며 비로소 대덕부터 '큰스님'이라는 칭호를 붙일 수 있다.

나는 교구본사에 소속된 각 사寺, 암庵에 고시일정을 하달 했다. 대선, 중덕까지는 교구본사에서 고시를 치르고 큰스님 들 앞에서 어려운 질문에 구두로 답해야 했다.

대덕과 종덕은 논문을 제출하고 심사를 거쳐 정해졌고, 그 이 상 종사와 대종사는 법계과정의 이수와 안거성만의 횟수와 수 행경력에 따라 승려계급인 법계를 품수했다. 고시를 직접 치르 는 승려는 본사고시장에 직접 나왔고, 당일을 마감으로 대덕과 종덕에 해당되는 승니들의 논문원고가 속속 접수되었다.

대선, 종덕의 고시가 끝난 오후였다. 하급승려로부터 논문 제출자의 명단을 올려 받은 나는 크게 놀라며 나의 눈을 의심 했다. 논문제출자명단에 현법의 이름과 논문이 접수되어 있었 기 때문이다. 꿈을 꾼 것 같았다.

승적부를 모조리 확인했다.

그였다. 법명은 현법賢法이라 기록되어 있고 빛바랜 증명사진의 인물은 틀림없었다. 사師스님도 法字, 天字, 노스님으로 기록된 나의 사제師弟 현법이 분명했다.

그와 만행 길 열차에서 헤어진 그 이후, 그는 자신의 뇌리 속에 못처럼 박힌 '정보부'라는 악성을 떨쳐내고 대덕자격에 해당될 만큼 용맹정진 해왔던 것이다.

그것은 그의 수행경력에 참선안거성만이 다섯 차례나 기록되어 있는 것으로 알 수 있었다. 접수되어 쌓인 논문을 헤쳐보았다. 그의 논문은 200자 원고지 1.500매 분량이나 되어서 쉽게 눈에 띄었다. 출판을 한다면 족히 두터운 책 한 권의 분량이었다.

현법에 있어 그것은 내게 70mm 대형영화 화면에서 영화음악이 긴장된 클라이막스에 이르는 장엄한 선율의 끝자락에 갑자기 바뀐 화면의 장천하늘 같은 경이감으로 닥쳐왔다.

나는 그의 논문봉투를 뜯어냈다. 그는 '묘법연화경연구'라는 제하의 논문을 제출했다.

그가 책갈피가 너덜거리도록 묘법연화경을 손에서 떼지 않았던 이유가 오늘에 있었다. 나는 만사를 제치고 그날 밤 그의 논문을 밤새워 읽었다. 그의 논문원고 뒤편에 별지의 서찰 하나가 끼워있었다. 더 놀라운 것은 그 서찰은 내게 보낸 한편의 글발이었다.

그는 내가 교구본사 교무국장소임을 보고 있는 것을 알고 있었다. 내가 자신의 논문을 보리라는 것도……. 더더욱 그와의 인연이 깊다는 것은 교구본사지역이 서로의 고향과는 거리가 먼 객지에 같이 있었다는 것이다.

묘법연화경은 시방삼세 모든 부처가 낳은 큰 뜻이며 9도 4생이 모두 한 길로 들어갈 수 있는 넓은 문이다. 이 법은 보여줄 수가 없다. 말의 모습이 적멸하여 텅 빈 듯 근거할 수 없고, 소연하여 의탁할 수 없으니 어떻게 이것을 말할 수 있겠는가. 억지로 이름을 붙여 묘법연화라 하였다.

문리文理가 모두 묘하여 그윽한 법칙을 이해하고 거치른 궤도를 벗어나는 것 아님이 없으니 어찌 묘법妙法이라 하지 않겠는가,
방편의 꽃이 활짝 피고 진실의 열매가 빛나서 물들지 않은 아

름다운 열매가 있으므로, 연꽃에 비유한 것이다. 한 글귀만 들어
도 위없는 깨달음의 수기를 받는다는 것이다.

*

 그의 화두는 묘법연화였다.

〈그는 「묘법연화경연구」 논문으로 大德 법계를 품수 받았고, 400쪽 분량
양장본으로 편집 출판되었다.〉

4

연화

蓮花

사람이 부처에게 빌면 부처를 잃고, 조상께 빌면 조상을 잃는다. 가장 진귀한 보물은 네 몸 속에 있다. 스스로 구하고자 하면 오히려 잃게 된다.

4
연화
蓮花

"연화蓮花를 찾아 또 나서겠다는 게냐?"

"네, 스님."

"네가 찾는 연화는 어디에도 없다. 세속나이 육십이 다 되도록 찾지 못한 연화를 어디에서 찾겠다는 게냐."

"……,"

"연화는 네 마음속 연화더냐?"

"네, 스님, 제 마음속 화두話頭가 되었지요."

"마음속 화두가 연화라……, 알 수가 없구나. 매일 부처님께 천 배를 올리면 연화를 찾을 것이다."

"게을리 하지 않겠습니다."

"가다가 절을 찾지 못하거든, 바위에 돌멩이를 올려놓고서라도 천 배를 올리거라."

"네. 스님."

"네, 형상은 잿빛승복으로 몸을 가렸지만 세속몸뚱이는 여자다. 오며가며 몸 간수를 잘하여라. 40년 쌓은 선근禪根이 한꺼번에 무너진다."

"네, 스님."

"안전문절제도로眼前問節題道路라 했다. 눈앞이 곧 길이다. 찾고자하는 것이 바로 눈앞에 있음에 모르는 수가 있다. 떠나거라."

이런 대화 끝에 수연수좌는 오체투지삼배를 올리고 바랑을 메고 만행 길을 다시 떠났다. 연화는 수연수좌의 가슴에 박혀 있는 화두다. 진공무상眞空無想 고요 속에 연화는 수연수좌의 화두가 되었다.

그 연화는 시방세계十方世界 어느 곳에 있는지 알 수 없다.

9도道 4생生이 모두 한길로 들어갈 수 있는 넓은 문이, 시방 삼세 모든 부처가 낳은 큰 뜻으로, 그것은 묘법이다. 결코, 보여줄 수 없는 이 법法은, 말語의 모습이 적멸하여 텅 빈 듯 근거할 수 없고 소연하여, 의탁할 수 도 없다. 어떻게 이것을 형상으로 보여줄 수 있겠는가. 억지로 이름을 붙인 것이 묘법이요, 연화라고 했다.

하므로 손으로 잡을 수도 없고, 형상이 없으므로 눈으로 볼 수도 없다. 수연수좌의 마음속 연화는 형상이 있다면 손으로 만질 것이요, 연화의 향기도 맡을 것이다. 무색, 무취, 무형의 연화를 찾아, 수연수좌는 만행 길을 다시 떠난 것이다.

"소승, 방부 청합니다."

적조암산그늘 진 요사마당에 들어선 수연수좌가 합장으로 방부를 청한다.

"어인, 비구니요?"

주지 법연비구니가 소리를 듣고 마룻전으로 나와 합장으로 반긴다.

"만행중입니다. 방부를 청합니다."

"수좌首座, 안으로 드세요."

방으로 들어서자 둘은 합장으로 서로 인사를 나누었다.

"수행중이세요?"

주지는 손에 익은 솜씨로 얼른 찻상을 당겨 차를 우린 후 찻잔에 따르며 물었다.

"네, 주지스님."

"무릎이 다 헤어졌는데……,"

"절을 찾지 못해 허공산에서 며칠 밤 천 배를 올렸더니 무릎이 헤어졌나 봅니다. 제 법명은 수연입니다."

"수연이라고 하셨나요?"

"네, 수연입니다."

"그래요? 그럼, 은사스님은 뉘신가요?"

"혜자慧字 안자眼字 큰 비구니스님이지요."

"저런! 지리산 혜안 큰 비구니스님 제자란 말인가요?"

"네. 스님."

"아이쿠, 혜안 큰 비구니스님은 저에게는 사숙되시니 우리는 이종형제 아닌가요! 우리 문중비구니들 법명은 모두 연자蓮字돌림이어서 이름을 되물었지요. 그럼 혜안 큰비구니스님 제자 수연수좌란 말인가요? 오직 연화를 찾아 수행만 하신다는……?"

"네. 소승이 수연이지요."

"아이쿠, 이를 어쩌나, 수연수좌스님을 이렇게 친견하게 되다니.……."

"소승에게 친견이라니요. 당치도 않으십니다. 왜 그리 놀라시는지……, 말씀 낮춰주세요. 제가 어렵습니다."

"아니예요. 세속나이가 있는데 그것을 무시할 수 없지요. 더구나 연화화두하나로 수행만 하신다는 수연스님의 소문이 승가에 자자합니다. 수연스님을 친견하는 것만으로도 모두 영광으로 안답니다. 편히 쉬어가세요. 아니면 여기 계셔도 무방합니다. 방 하나를 따로 마련해 드리지요. 그렇게 무릎이 헤지도록 정진하는 것도 좋지만 건강도 챙기셔야죠."

"네, 스님 고맙습니다."

"걱정하지 말고 수행에만 정진하세요. 비구니문중에 수좌 같은 수행승이 있는 것만으로도 자랑스럽습니다."

"매일 천 배를 올릴 수만 있다면 어떤 것도 마다하지 않겠습니다."

"산사가 너무 고적해서 찾는 이가 그리 많지 않지만, 정진에 불편하시지 않다면 아주 여기에 몸을 붙이세요."

주지 법연비구니는 가슴깊이 박혀있는 세속의 무슨 곡절을 푸는 것인지, 인연 따라 이렇게 나타난 수연수좌의 법열에 감복했다. 그가 본 수연수좌는 한번 정진에 들면 앉은 자리가 어디가 되었든 좌선의 자세를 풀지 않고 날을 샜으며, 세속의 곡절이 있다면 알고도 싶었다.

. 불전佛典에 오르는 공양 밥을 오랫동안 나누어 먹다보니 둘은 승니의 틀을 벗어나 세속적 정이 들어갔다. 승속의 과거를 묻는 것은 금기로 여긴다. 그 금기를 어기고 참다못한 주지 법연비구니가 벼르고 벼르다가 물었다.

"수연수좌의 입산곡절이 궁금해졌어요."

"웬, 그냥 불가인연이지요."

"불가인연이라는 게 어디 그리 아무에게나 쉽게 있는 건가요?"

이런 대화에 수연수좌의 눈에 일순 이슬이 맺혔다. 그리고 천근에 버금갈 정도로 무겁게 함묵해왔던 수연수좌의 입이 열린다.

"제, 세속이름은 주현이지요."

주현은 뇌리에 박혀있는 어느 비구니스님 한 분을 찾고 있었다. 그녀가 초등학교 4학년이 되는 해, 하굣길에 젊은 비구니스님 한 분과 마주쳤다. 그 스님은 오래토록 주현을 뒤따라오며 바라보았고. 그 뒤 어느 날 다시 나타난 스님은 주현에게 학용품보따리 한 아름을 안겨주고서 황망히 떠난 뒤 다시는 나타나지 않았다.

"아빠, 학교에서 오는데 어떤 스님이 이걸 주고 갔어."

"그래? 어디보자, 학용품이구나."

"그런데, 스님이 내 머리를 쓰다듬고 안아주셨어."

"우리 딸이 스님마음에 들었던 모양이구나."

아버지는 태연하게 말했고, 어린 주현에게 그 비구니스님의 얼굴이 각인되었다. 때로는 불현 듯 스님의 얼굴이 떠오르기도 했지만, 성장하면서 차차 잊었다. 그 무렵 시난고난 병줄에 시달리던 어머니가 일찍 운명하였고 홀아버지 밑에서 자랐다. 형제는 없었다. 주현이 19세 때로 고등학교를 졸업하고 대학에 막 입학한 해였다. 애지중지 주현을 보살피던 아버지는 경찰관으로 근무하다가 정년을 앞두고 폐암말기로 종합병원에 입원을 했다. 주현은 스스로 학업을 중단했고 아버지의 병실을 지켰다. 아버지의 병세는 악화일로였다.

어느 날 수간호사가 병실 밖으로 불러냈다.

그리고 말했다.

"주현아, 놀라지 말고 내말 들어봐."

"……."

"아버님, 운명을 준비해야 한다는데."

"네?"

"그래, 얼마 사시지 못할 거 같아. 그러니까 굳게 마음먹고, 아버지 병간호하면서 절대 눈물 보이면 안 돼, 알았지?"

청천벽력 같은 말을 주현은 들었다.

줄 곳 흐르는 눈물을 거둘 수 없었다. 수간호사 위로를 받으며 주현은 며칠 동안을 가슴아파했다. 그런 주현에게 더 큰 충격을 안겨준 것은 오히려 아버지였다. 자신의 운명을 알게된 아버지가 주현의 손을 꼭 부여잡고 최후를 이렇게 말한 것이다.

"내 딸, 주현아, 가까이 오렴. 눈물 흘리지 말고."

"네, 아버지."

"아버지는 내 운명을 안다. 너는 하나밖에 없는 내 딸이다. 이제는 네 모든 것을 말해주마, 그래야만 할 것 같구나."

"아버지, 무슨 말씀하시려고 그래요? 나 어떻게 하라고 그러세요, 아버지 일어나셔야 해요. 하나밖에 없는 딸은 어떻게 살아요. 아버지."

한손을 아버지 손에 잡힌 채 한 손으로 흐르는 눈물을 거듭 거듭 훔치며 주현은 마지막 운명 길에 아버지의 말을 들었다. 아버지 역시 이슬을 보이며 입을 열었다.

20여 년 전, 당시 순경이었던 아버지의 집에 시골에서 올라와 갓방을 하나 얻어 공장을 다니며 어렵게 야간대학을 다니던 얼굴고운 아가씨가, 늦은 밤 귀갓길에 골목길에서 불량배들에게 겁탈을 당했다. 아버지는 그 아가씨의 고운 행실에 방세도 받지 않고 보살피고 있었다. 그리고 직업이 경찰이었던 만큼 범인을 모두 잡아 형사처벌을 했다. 그 아가씨가 임신을 하게 되자 중절수술을 하고 고향으로 내려갈 것을 권했다.

하지만 아가씨는 내 몸에 붙은 생명을 어떻게 죽일 수 있느냐며 거절했다. 그리고 아이를 낳고 말았다.

　아이가 태어난 날 비바람이 몰아쳤고 천둥이 울었다. 어머니가 산간을 보았고 딸아이가 세상에 태어났다. 아버지가 결혼을 한지 10여 년이 넘도록 어머니는 아이를 갖지 못했다. 그런 어머니가 말했다.

　"여보, 미안해요. 제가 아기를 가질 수 없는데, 저 아이를 우리가 기릅시다."

　연일 비바람이 몰아치고 번개가 치던 며칠 후, 친딸처럼 미역국밥상을 들이던 어머니는 입산入山을 하겠노라며 아이를 잘 길러달라는 편지한 장을 써 놓고 산모가 집을 떠난 것을 알았다.

　그러니까 그 아이가 지금의 수연수좌인 것이다.

　청천벽력 같은 아버지가 말하는 주현의 출생비밀에 하늘이 무너지는 충격으로 주현은 포효했다. 병실에서 들리는 비명에 간호사들과 의사가 달려왔고, 실성된 주현을 끌어내어 처치실에서 진정제를 주사하고 다른 병실에서 안정시켰다.

　주현은 형용할 수 없는 충격을 가라앉히며 자신의 출생을 원망했다. 믿지 못했다. 그토록 친부요, 생모로 알고 있던 부모가 자신의 부모가 아니라는 충격으로 울며불며. 때로는 흐

느끼며 괴로워하던 주현은 다시 아버지의 병실로 갔다.

가정의 내력을 알게 된 수간호사가 다른 간호사 한명과 걱정 끝에 따라 들어왔다. 두 부녀가 손을 잡고 다시 울었다. 주현의 눈물이 잦아지는 걸 본 아버지가 다시 말했다.

"주현아."

"네, 아버지."

"그래, 넌, 내 딸이지?"

"네, 아버지. 저는 언제까지라도 아버지의 하나밖에 없는 딸이예요."

"옳지, 그렇고 말고, 자, 이걸 받아라."

"뭐예요. 아버지?"

"네, 앞으로 돌려놓은 집문서하고 모든 재산이 다 들어있는 통장이다."

"아버지……."

주현이 몸부림을 치며 울자 수간호사가 주현을 끌어안았다.

"그리고, 주현아."

"네, 아버지."

"네가 초등학교 4학년 때, 네게 학용품을 사주고 간 스님 기억나지?"

"네, 아버지, 그 스님은 왜요?"

"아니다."

아버지는 머뭇거렸다. 그리고 주현의 출생을 알려준 것을 일순 후회했다.

이틀이 지나고 나서 주현은 가슴 아픈 자신의 태생에 마음을 가라앉히고 생부와 다름없는 아버지의 병실로 갔다. 그리고 물었다.

"아버지 그 스님 말씀을 해주세요. 자라면서 그 스님을 잊었지만, 이제는 잊을 수가 없어요. 말씀해 주세요."

한참 동안 두 눈을 껌벅이던 아버지가 주현의 손을 당겨 잡으며 말했다.

"말해주마. 그 스님은 네 생모다. 넌, 네 생모를 빼 닮았다."

아버지의 충격적인 말에 주현의 포효가 다시 터지고 수간호사는 주현을 끌어안았다.

한참 만에 아버지가 다시 입을 떼었다. 죽음을 앞둔 아버지는 작심하고 모든 것을 털어 놓았다. 그리고 바로 숨을 거두었다. 숨을 거두기 직전 아버지는,

"이 험한 세상을, 어찌 너 혼자 살겠느냐. 너를 낳아주신 생모를 꼭 찾아서 집으로 모셔와 같이 살 거라."

그 뒤, 아버지의 치상을 치루고 넋이 나간 주현은 절마다 찾아다니며 미친듯이 생모를 찾아 헤매다가, 어느 절간 비구니 스님에게 귀의했다. 수연이라는 법명을 받았다.

수차례 동안거冬安居, 하안거夏安居 참선성만參禪盛滿으로 마음을 다스리며 생모를 찾아 헤매고 있는 것이다. 생모는 주현의 연화요, 화두가 된 것이다.

주현의 세속곡절을 들은 법연비구니가 이슬을 보였다. 그리고 한참 만에 눈가의 이슬을 찍어내며 말했다.

"수연스님, 제, 가슴이 아파요. 괜한 걸 물어서 죄송해요. 말씀을 듣고 제가 어떻게 스님을 도와야할지 모르겠어요. 인연이 된다면 언젠가는 연화를 찾겠지요."

그러면서 법연주지는 다시 말했다.

"수연스님, 길일을 잡아 100일 관음정근을 저와 함께 할까요? 본래 관음보살은 어머니와 같아서 모든 소원을 이루는데 관음정근만큼이나 좋은 기도가 어디 있어요?"

"아니예요, 제 일을 가지고 어찌 법연스님 고생을 시키나요."

"저도 연화를 화두삼아 함께 기도하지요."

산사의 겨울이다. 폭설에 덮인 산하대지는 은빛세상이 되었다. 오랜세월 기암절벽에 매달려있던 고사목이 쌓인 눈 견디다 못해 작신 허리가 부러지며 떨어지는 소리가 밤의 적막을 깼다.

산사에는 두 비구니의 기도정진목탁소리와 정진염불이 계곡 멀리 흘렀다. 천수경 신묘장구대다라니부터 시작되는 관음정 근염불소리는 수연수좌의 세속곡절을 염원하는 소리다.

– 신묘장구대다리니 나모라 다나다라 야야나막 알략바로기제 새바라야. 모지 사다바야 마하가로 니가야 옴 살바 못자모지 사다야 사바하–〈이하생략〉

나무보문시연 원력홍심 대자대비 구고구난 관세음보살, 관세음보살, 관세음보살, 관세음…… 월명사생육도법계 유정다겁생래제법장 옴 아로늑게 사바하– 〈이하생략〉

관음기도정진은 천년을 갈 듯 얼어붙었던 겨울을 밀어냈고 연록이 대지에 퍼지는 봄이다. 때를 맞춰 각 선방의 동안거도 모두 끝났다. 참선안거성만을 마친 수좌들은 만행 길을 떠나거나 자신들의 안거사찰로 돌아가는 때였다.

헤진 승복자락을 꿰매려고 바느질타래를 꺼내자 법연주지가 바늘귀에 실을 꿰 주며 말했다.

"수연스님, 백고좌百高座대법회가 해인사에서 열린다는데 같이 가시렵니까?"

"백고좌면 백일인데 절을 비울 수 없을 테니 저는 도량을 지키고 있지요."

"아니요. 이번에는 한국불교최초로 일연一蓮 비구니 큰스님
께서 법문을 펴신다는 데, 그 날 하루는 전국 비구니들이 신
청을 많이 한답니다. 일연비구니 큰스님은 안거사찰을 마다
하고 토굴에서만 평생 정진으로 사셨답니다. 더구나 백고좌
대법회는 만나기도 힘들잖아요."

"그래요? 은사스님께서 안전문절제도로眼前問節題道路, 눈
앞이 곧 길이라 하셨는데 그날 하루 저도 같이 가지요."

이렇게 뜻이 모아지자 둘은 백고좌일정 중에 일연 비구니큰
스님의 법문 날을 기다렸다.

해인에는 백고좌대법회가 시작되는 날부터 전국의 선객들
이 구름처럼 모여들기 시작했다. 아울러 한국불교는 일본불
교의 아버지라는 역사적 개념 하에서 일본선객들까지 해인사
에 백고좌방부를 청했다. 그만큼 백고좌대법회는 한국불교의
전통적인 역사를 가지고 있는, 전국 선방과 토굴에서 정진하
는 100인의 선사들이 법문을 펴는 대법회로 유명하다.

역사적으로는 신라 진평왕 613년에 내란과 외란을 막아 국
가를 수호하고, 나라를 번영시키기 위해 황룡사에서 처음 시
작했지만, 고려원종이 후 끊겼다가 750여 년 만에 되살린
백고좌대법회는 100위의 불상과, 보살상, 100위의 나한상과

신중을 모시고, 100명의 고승들을 청해 법문을 들으며, 100개의 등을 밝히고 100가지 향을 사르며, 100가지 꽃을 뿌려 불佛, 법法, 승僧, 삼보三寶에 공양을 올리는 장엄한 의식의 대법회이다.

한국불교 1600년 불교사에서 가장 아름답고 화려하며 장엄하기 이를 데 없는 한국불교문화의 최 정수인 것이다. 백고좌대법회의 선사들은 논리 정연한 이론이나 특별한 관념으로 가르친 게 아니라 체험과 직관直觀으로 가르쳤다. 상징적 언어는 어떤 계통적 이론을 정립시키지 못했다. 우리의 일반생활은 논리적 약속으로 이루어지는 것이 아니기 때문이다.

열반涅槃을 눈앞에 둔 고령의 일연 비구니종사가 법문을 이어가며 때로는 주장자를 내리쳤고, 때로는 꾸짖듯 바위 깨지는 소리로 일갈했다. 고령의 나이답지 않은 패기 가득 찬 목소리에 찬물을 끼얹은 듯 사부대중 분위기는 엄숙했다.

그렇게 법문을 설하던 스님은 강론의 결말을 내리는 순간 벌떡 일어섰다. 그러더니 대중을 향하여 주장자를 들어 올리고 주장자 끝으로 누군가는 향했다. 주장자 끝이 머문 곳은 대중 속 수연수좌였다.

그러자 대중의 모든 시선이 수연수좌에게 화살처럼 쏠렸다.

이 순간 수연수좌는 등골에 땀이 흘렀다. 수연수좌를 향한 벽력같은 질책의 법문이 심간을 뒤흔든 것이다.

"할- 무의무구無依無求니라, 사람이 부처에게 빌면 부처를 잃고, 조상께 빌면 조상을 잃는다. 가장 진귀한 보물은 네 몸 속에 있다. 스스로 구하고자 하면 오히려 잃게 되느니라."

벽력같은 법문은 사부대중이 아닌 수연수좌에 던지는 질책과도 같았다. 자신의 심간 속을 꿰 뚫어 보는 것 같아 수연수좌는 일순 현기증이 일었다. 자신이 구하고자하는 것은 세속의 생모다. 그리고 생모는 연화요, 화두다. 생모를 구하고자 하면 잃는다는 것인가…….

백고좌대법회를 다녀온 뒤, 마음의 파장이 크게 일어난 수연주좌는 몸져 누워버렸다. 법연주지는 나름대로 비구니선사의 법문에 탄복했다. 그동안 법연주지는 함께 생활하며 보아온 수연수좌의 근골과 비구니선사의 근골에 적잖이 놀랐다. 치아의 모습이며 비구니선사의 근골이 너무 닮아있는 얼굴에 내심 놀란 것이다. 그렇다고 자신의 생각을 쉽게 수연수좌에게 말할 수는 없었다. 더구나 주장자로 수연수좌를 가리키며 마지막 법문의 결말을 일갈할 때 법연수좌는 충격을 받았다.

그 무렵 문중도반 하나가 찾아와 말하기를,

"법연주지, 지난번 백고좌대법회에 법문하셨던 비구니선사스님 있지? 고령에 백고좌법문을 하신 뒤 아프기 시작해서 열반을 눈앞에 둔 모양인데, 그 제자들이 토굴에 계시는 스님을 사찰로 모셔와 곁에 붙어 시봉할 비구니스님 한분을 구한다는데, 우리 문중형제들이 모두 사암주지로 얽매여 있고, 수연수좌가 어떨까? 따지면 사숙형제들인데."

"그래요? 백고좌법회를 다녀온 뒤 수연수좌 번민이 커진 것 같아요. 몸과 마음이 몹씨 아파 몸져누웠는데 차차 말씀드려 볼게요."

법연주지의 범상으로는 내심 수연수좌가 찾아 헤매는 연화가 곧 토굴에서 평생을 안거한 그 비구니큰스님이라는 것을 지레짐작하고 있었다.

법연주지가 쾌차한 수연수좌를 데리고 일연비구니 큰스님의 안거사찰로 들어섰다. 이미 스님시봉을 하겠다는 수좌 한분을 데리고 가겠노라는 전갈을 보낸 터여서, 간단히 인사를 나누고 곧바로 뒷방처소로 안내받았다. 주지는 먼저 들어가 이를 고했고 다시 나온 주지의 안내로 방으로 들어갔다.

법연주지와 수연수좌가 법의法衣에 가사장삼을 두르고 삼배를 올리려하자,

"그냥 앉아라. 아픈 사람에게는 절하는 것이 아니다."

하며 만류했다. 둘은 가사장삼을 다시 접어 바랑에 넣었다. 법연주지가 찻상을 당겨 차를 우리며 두 얼굴을 짯짯이 바라본다.

틀림없는 모녀지간이다. 수연수좌를 유심히 바라보는 큰스님의 표정에 눈치를 챈 법연주지는, 지금 둘만의 시간이 필요하다는 생각에 차공양을 올리고 방문을 나섰다.

그 때, 밖에 있던 사찰주지가 눈을 크게 치뜨고 다가와 법연주지를 끌고 후원으로 화급히 데려갔다.

그리고 말하기를,

"수연수좌와 큰스님이 어쩌면 그리 닮았지요? 꼭 큰스님의 젊은 시절을 보는 것 같았어요."

그러자, 수연수좌의 세속곡절을 듣고 백일관음기도를 함께 올렸다는 법연의 말에 사찰주지가 놀라는 표정으로 마디숨을 토하더니,

"이런 세상에, 관세음보살, 관세음보살……."

하며 합장을 거듭했다.

"세상에, 연화화두하나로 수행하는 수연수좌를 본 것도 영광인데, 이런 곡절이 있었으니 관음원력은 한이 없군요."

수연수좌의 시봉을 받은 지 열흘 째 되는 날, 일연비구니 큰스님은 자신의 뱃속으로 낳은 세속의 딸로부터 마지막 시봉을 받은 뒤, 새벽 축시丑時에 열반게송을 딸에게 설하고 조용히 숨을 거두었다.

열반게송은,
'할- 무의무구無依無求니라.'였다.
사람이 부처에게 빌면 부처를 잃고, 조상께 빌면 조상을 잃는다. 가장 진귀한 보물은 네 몸 속에 있다. 스스로 구하고자 하면 오히려 잃게 된다는 뜻이다.

설움을 견뎌내는 수연수좌의 울음소리가 새벽예불을 올리는 대웅전까지 들렸다. 불, 법, 승, 삼보에 예불을 올리던 사찰주지와 법연이 소리를 죽이느라 껵껵거리는 수연수좌의 먹울음소리를 듣고 비구니대종사의 열반을 알아차리고 예불을 멈췄다.
그리고 영혼의 앞길을 위해 종 송 염불로 범종을 울렸다.

원차종성변법계 願此鐘聲便法界
(원컨대 이 종소리가 법계에 두루 하여)

철위유암실개명 鐵圍幽暗悉皆明

(철위 산에 둘러싸인 깊고 어두운 무간 지옥도 다 밝아지고)

삼도이고파도산 三途離苦波刀山

(지옥, 아귀, 축생의 고통을 여의고 도산지옥도 모 부서져서)

일체중생성정각 一切衆生成正覺

(모든 중생이 올바로 깨닫게 되어지이다.)

　범종염불 속에 이어 사찰주지가 북채를 들고 대북을 울리기 시작했다. 적막강산 산사의 골깊은 산맥등골을 타고 범종소리와 대북소리가 울려퍼지며 선사의 열반을 세상에 알렸다.

　비구니선사의 열반에 수많은 비구와 비구니들이 하루 종일 몰려들었다. 그리고 다음날 영결식을 치루고 사찰후원에서 다비식이 있었다. 다비식은 불교에서 스님이 열반하면 영결식이 끝난 후 시신을 불로 태우는 화장의식을 불가佛家에서는 통칭하여 다비식이라고 부른다.

　또 다음 생애에 태어나기 위한 하나의 과정으로 인식하고 있다. 스님들의 죽음을 입적入寂또는 열반涅槃이라고 한다. 원래의 자리로 돌아간다는 뜻을 지니고 있다. 이승에 자신의 흔적을 남길 필요가 없으므로 태워 흔적을 없앤다는 뜻도 가지고 있다.

영결식이 끝나자 다비장연화대로 시신을 옮겼다. 가는 길에는 인로왕번, 명정, 삼신불번, 오방불번, 십이불번, 법성게, 삼원색의 만장이 펄럭였다. 사찰주지는 수연수좌에게 스님의 영정을 모시고 가도록 했다. 그리고 시신 옆으로 숯을 쌓고 그 옆에 장작을 쌓은 뒤 관위에도 숯을 얹고 장작을 쌓았다. 장작 주위와 위에도 통나무를 쌓아 덮어주고, 마지막으로 생통나무를 주위에 덮어주면 내부의 마른나무가 타면서 주위의 생나무도 마르면서 뜨겁게 불타오른다. 삼귀의례와 모든 절차를 마치자 의식을 주관하는 주례승主禮僧이 불을 붙이는 비구니스님들을 호명했다. 그리고 "거화"구령에 호명된 모두는 다비장에 불을 지폈다.

순식간에 큰불로 변하며 주위에 서 있을 수 없을 정도로 뜨겁게 다비장이 불타 올랐다. 불길이 사그라들고 불씨마저 잦아진 늦은 오후가 되어 유골을 수습했다.

그리고 추도사에 이어 모든 참례자들이 향을 태우며 고인의 명복을 비는 소향燒香이 끝났다. 이어 마지막 절차에 사홍서원四弘誓願을 하려던 주례승이 수연수좌에게 목탁을 건네주며 마지막 사홍서원을 하도록 이른 것은, 일파만파 짧은 그 시간에 수연수좌가 평생 찾아온 화두, 열반승의 세속 딸이라는 것을 사부대중 모두가 알았기 때문이다.

수연수좌가 목탁 채를 받아 들고 세 번 길게 내린다. 그리고 범패梵唄가락으로 사홍서원을 길게 소리 짓는다.

중생무변 서원도 衆生無邊誓願度

(중생은 끝닿는 데가 없으니 제도하여 주소서)

번뇌무진 서원단 煩惱無盡誓願斷

(번뇌는 끝이 없으므로 번뇌를 끊기를 원하나이다)

법문무량 서원학 法問無量誓願學

(불교의 세계는 한량 없으니 배우기를 원하나이다)

불도무상 서원성 佛道無上誓願成

(불도보다 더 훌륭한 것이 없으니 불도를 이루기 원하나이다)

"어찌, 이토록 이 어미를 찾았느냐."

수연수좌가 시봉차 처음 왔던날, 법연주지가 나가자마자 즉석주왈, 스님의 첫마디였다. 그는 자신의 시봉을 위해 나타난 수연수좌가 세속에 두고 온 딸임을 알고 있었다. 그리고 백고좌대법회에서 법을 설하면서, 대중 속에 박혀있는 세속의 딸, 수연수좌를 보았다. 그 때, 스님은 무의무구無依無求니라 이르면서 다시는 어미를 찾지 말라는 질책을 수연수좌에게 던졌던 것이다.

'어찌 이토록 이 어미를 찾았느냐'는 한마디 말에, 깜짝 놀라 천만근 쌓여온 설움을 참다못한 수연수좌가, 가슴을 쥐어뜯고 어머니의 가슴위로 쓰러져, 치솟는 소리를 죽여가며 먹울음을 울었다. 문밖에 있던 주지와 법연이 그 소리를 들었다. 법연이 눈물을 훔쳤다. 한참 만에 다시 또 스님의 소리가 들렸다.

"어린 비구니하나가 연화를 화두로 연화를 찾아 헤맨다는 소문에 네가 이 어미의 딸인 것을 진즉 알았다. 어미를 찾는 너를 피해 토굴로 들어갔지만, 천륜만큼은 피할 수 없구나."

*

할- 무의무구無依無求니라,

5
방랑승
放浪僧

방랑승이 행랑을 메고 그녀를 데리고 길을 떠났다. '관상'이라
고 내갈겨 써 붙였던, 물에 젖은 한지가 여관입구 길바닥에 납
작 붙어있었다. 뒤늦게 찾아온 장훈 선생이 두리번거리며 서
있었다.

5
방랑승
放浪僧

　그는 밖에서 볼 때 그저 떠도는 방랑승放浪僧이었다. 그가 장안의 한 허름한 한옥여관에 나타나 장기투숙을 했던 것은 3년 전 여름이었다. 그가 나타나기 이전 역시 그의 처소는 언제나 그 허름한 한옥여관으로 단골손님인 셈이었다.

　처음 그가 장안에 나타났을 때, 장안의 역술가들이나 신이 들렸다는 무당들까지 방랑승의 비법을 알아내려고 손님으로 위장하여 그를 찾았다. 하지만 예외 없이 상대의 관상을 보고 역술인임을 알아챘고, 그의 입에서 토해지는 쾌상에 혀를 내둘렀다. 방랑승의 역술 법은 비단 관상뿐만이 아니었다.

　학술에도 능하여 그가 보는 상학像學의 비법과 사주 추명학推命學, 우주의 창조적 본체로부터 오행음양五行陰陽의 개념,

상대성원리와 변화론, 오행생극체화와 십신十神, 십이순환 법칙과 천운론天運論을 망라하는 상리철학象理哲學의 입장에서 풀어 재치는 쾌상이 백발백중으로 들어맞았다.

거기에 한발 더 나아가, 인간의 사후死後 중음세계中陰世界까지 궤 뚫어 보는 도道의 경지까지 보였던 것이다. 그는 사람을 보고자 함은, 그를 살리기 위한 목적이어야 함을 강조했다. 재물을 먼저 보고 영리가 앞서면 볼 것을 보지 못한다는 깊은 철학을 지니고 있었다.

그의 철학을 대변하듯 절색의 미모로 뛰어난 도심의 K다방 얼굴마담 최민경의 경우였다. 그녀는 도심의 유명한 조직왕초의 내연녀로 얽매여있었다. 그러나 그로부터 일탈을 위하여 새로운 이성을 갖게 된 것이 화근이 되어, 조직의 왕초로부터 생명의 위협을 느낄 만큼 쫓기고 있었다. 그런 와중에 그녀가 찾은 것은 장안에 소문난 방랑승의 처소였다.

회칼을 품은 조직을 풀어 찾았으므로 처소를 옮겨가며 일신을 보호하던 그녀는, 미모에 반하여 갈아입지 못한 옷매무새가 말 그대로 엉망인 그녀를 본 방랑승이 묵묵부답으로 붓을 들었다. 그는 한지에 칼도刀, 사내남男, 죽일 살殺 석자를 써 보이며 말했다.

"읽어봐."

"무슨 내용인가요?"

"읽어 보라고, 다 본거야?"

"도刀. 남男. 살殺……."

"무슨 뜻인지는 알겠지? 사내가 칼을 들고 죽이려들고 있다는 뜻이야. 맞지?"

"네."

그녀는 방랑승의 단필에 놀라 바르르 떨었다.

"어찌해야 하나요?"

"여길 떠야만 살 수 있지, 왜 장안을 맴도나?"

"정리할 것들이……."

"당장 죽을 마당에 무슨 정리야, 이미 죽은 목숨이 영혼처럼 떠돌면서."

"네?"

"그러나 아직 때는 아니지."

"그럼……."

사색된 표정의 그녀가 잔뜩 긴장되어 되물었다.

"뭘, 하나 써줄 테니까, 지니고 있다가 죽을 지경에 이르는 일이 생기거든 곧바로 일루와, 그 때가 여기를 떠나는 때야. 이건 상대의 눈을 가리는 효과하나 밖엔 없어."

그는 이렇게 답을 내리고 한참 동안 먹을 갈아 알 수 없는 문자를 나열한 글씨(부적)를 써 접어주며 말했다.

그녀는 그걸 받아 품에 지니고 방랑승의 처소를 나왔다.

그리고 며칠 후 숨어지내던 도심변두리 집을 나와 도심으로 들어가는 버스를 탄 것이다. 도피자금이 없으므로 자신이 몸 담고 있던 다방의 주인을 만날 요량이었다. 이 정보는 조직에게 알려졌고, 조직의 왕초는 그녀가 버스에서 내릴만한 곳에 대기하고 있었다. 이 사실을 모르는 그녀는 자신이 있던 다방 근처 버스정류소에서 몸을 내리는 순간 초죽음을 느끼는 공포에 휘말려야만 했다.

정차된 버스출구 앞 노상에 점퍼 안에 희번득이는 회칼을 지닌 조직의 왕초가 내리는 사람들을 확인하고 있었던 것이다. 그러나 왕초는 그녀를 알아채지 못했다. 그녀의 뒤에 내리는 사람들을 향해 악의에 찬 시선을 던지고 있었다. 그녀는 식은땀이 등골을 타고 흘러내리는 공포에 휘말렸다. 재빨리 버스뒤편으로 돌아 길 건너 골목으로 두더쥐 파고들 듯 몸을 숨겼다.

방랑승의 말대로 그가 써준 알 수 없는 먹물 글씨는 왕초의 살기 띈 눈을 가린 것이다.

혼이나간 최민경은 거푸 마디숨을 몰아쉬며 혼비백산 방랑승을 다시 찾을 수밖에 없었다. 그런 그녀를 본 방랑승이 기다린 듯 준비된 돈 봉투 하나를 주며 나직하게 말했다.

"자. 말했듯이 지금이 여기를 떠날 때야. 이걸로 당장 서 대전 역으로 가서 기차를 타고 남원으로 내려가."

"네, 스님."

그녀는 고마움에 말끝을 흐렸다. 방랑승은 다시,

"딱, 여비하고 차 한 잔 값이야. 지금 오시午時에 남원으로 가면 그곳에서 살길이 생겨, 자리가 잡힌다는 거지. 그렇게 되거든 요천수 물 건너에 숙소를 정해야 해."

"무슨 말씀인지……."

"그놈의 음부陰部에 사내를 녹이는 음사淫死가 끼어있으니까 그런 거지. 음사에는 수기水氣가 약이야."

"무슨 뜻인지 이해가 안되는 데요?"

"음탕해서 죽을 일이 생기는 살신殺神이 있어 하는 말이야. 그놈의 음부에 낀 음사가 벗어지려면 물을 건너다녀야 수水 기운을 받아 씻어 내리지!"

방랑승이 버럭 화를 내며 힐책하듯 말을 쏘았다.

그녀는 하행선열차에 몸을 실었다. 그리고 방랑승의 말대로 차 한 잔 값 남은 돈으로 막연히 시내로 들어가 눈에 띄는 다방으로 들어 간 것이, 다방을 운영하는 친구를 만난 것은 방랑승의 쾌상이었고 그녀의 살길이었다.

방랑승의 쾌상과 일련의 크고 작은 사건들은 장안 술객術客들의 비상한 관심을 끌고도 남았다.

　내노라하는 실력으로 철학원哲學院을 운영하는 장안의 술객들은 소위 '사단법인 한국역리학회'라는 법적단체로 자위책을 삼았는데 방랑승의 소문을 접하지 않은 건 아니었다.

　역리학의 대가로, 단체수장인 갑자원甲子院 혜운당 선생은 곧 운영위를 소집하고 감찰을 내세워 단체에 가입되지 않은 술객이 자리를 펴는 것을 불법으로 적용시키는 것을 방랑승에게 행사하려 하였다. 그러나 명쾌한 그의 비법을 알고자하는 것이 우선적으로 작용하는 심리는 술객 누구에게나 있었다.

　혜운당 선생의 지시로 방랑승을 찾은 것은 감찰소임을 맡은 장훈 선생으로 이른 아침 그를 찾았다.

　그는,

　"무인생戊寅生 10월 초 엿새 술시戌時생입니다."

　하고 자신의 사주를 넣었다.

　"……."

　그러자 방랑승은 장훈 선생의 면상을 눈으로 훑어 내려가더니,

　"술객이면 통성명을 해야지 사주를 넣는 까닭이 무엇이요?"

　"네? 술객이라니, 아니외다. 무슨 말씀을."

　장훈은 내심 놀랐지만 애써 그 표정을 드러내지는 않았다.

　방랑승은 다시,

"천창天窓(눈썹사이 위 이마)이 죽었으며 나계螺階(눈썹)의 뼈가 투출되어 하찮은 자존심으로 공직의 끝을 보지 못했고, 죽은 역마 궁에 몽색과 작은 흉터는 필시 술객상이요. 산근을 보니 51세에 자리를 펴지 않았소? 심안心眼이 어두워 쾌상이 밝지 못하니 어찌 술객으로 밥을 먹겠소, 여명女命이 산란한데 지금 여자는 오래 살 붙이기도 어렵겠소."

식은땀이 흐를 지경으로 방랑승의 쾌상에 놀란 장훈 선생은 그길로 돌아와 혜운당 선생에게 고했다.

"회장님, 그런 대가는 처음 접하는 것 같습니다. 관상만 보고 제 상처를 죄다 들춰내는데 주역을 통달한 분 같습디다."

그러자 혜운당은,

"관상? 아닐 게야, 신이 들린 게 아닌가? 무당을 한번 보내 보는 게 어떨까?"

하며 무당 촌 선녀보살을 보내게 되었다. 선녀보살은 평소 무당이 입는 원색치마저고리가 아닌 평범한 옷으로 위장을 하고 방랑승을 찾았다.

그를 본 방랑승 역시,

"저런……, 열 두살에 모친이 자살하고 서른 셋 젊은 나이에 신이 들려 가정 죄다 파하고 무당이 되었구료. 점상이나 지킬 일이지 여긴 왜 왔소?"

'아이쿠 머니나.'

선녀보살 역시 알몸을 들킨 듯 당황할 수밖에 없었다. 사태가 이쯤 이르자 한국역리학회 혜운당 신생은,

"장훈 선생, 그분을 모시고 오구려, 그만한 실력이면 학술위원으로도 부족하지 않을 터, 얼굴이나 한번 보고 학술위원증과 회원증을 줘야겠소."

"그런 걸 원할 사람은 아닐 듯 싶은 데요?"

"아니야, 실력도 없는 이들이 방방곡곡 싸돌아다니면서 괜찮은 여관방하나 잡아놓고 무슨 도사가 왔네, 방을 써붙이고 신문찌라시 돌리면서 사기치고 도망가는 노땡이들 단속하려면, 학술로도 그만한 실력자가 어디 또 있겠는가, 방랑승이 지금으로서는 그런 노땡이나 다름없는데, 협회에 가입을 한다는 조건을 걸고 감찰직을 주어 좀 부려먹자는 예기지, 노땡이들이 한 번씩 바람을 일으키고 나면 당장 우리 수입이 줄어들잖나."

"그렇기는 합니다만."

그리고 얼마 되지 않아 장훈 선생의 안내로 혜운당과 방랑승이 찻상을 사이에 두고 자리를 함께 가졌다. 통성명이 끝난 후 혜운당은 자신의 역술을 비교라도 하려는 심사인지, 방랑승의 사주를 물었다.

그가 거침없이 뱉어주는 사주를 받아본 혜운당이,

"이런, 귀신 속을 들여다보는 사주구료."

하며 범상치 않은 방랑승의 눈빛에 스스로 감복했다. 방랑
승이 입을 떼었다.

"저를 부른 까닭이 무엇이요?"

"달리 뵙자는 것은 아니지요. 소문을 듣고 여러 술객을 보냈
는데 쾌상에 모두 놀라는지라, 그저 통성명이나 하자는 게지요.
상학像學은 마이상서를 보셨나요? 추명학推名學, 육림학六林學,
명리학命理學, 육효六爻에 싯점時占까지 종잡을 수가 없다던데."

"무엇이 그리 궁금합니까?"

"아니요. 그저."

잔뜩 기가 죽은 혜운당 선생은 겸연쩍은 표정을 지었다.

그는 방랑승의 사주 속하며 범상치 않은 눈빛에 압도되어
자신의 작은 계략을 포기할 지경에 이르렀는지,

"이걸, 드리려는 게지요."

하며, 사단법인 운운하는 학술위원증과 장황스럽게 인쇄된
회원증을 겸연쩍게 내밀었다.

"이것이, 뭡니까?"

"실인즉, 자리를 펴려면 일정금액을 납부하고 이것이 있어
야 하는데, 이걸 벽에 붙여놓고 영업을 하면 수입도 좋을 거요.
학술위원증은 논문을 제출하고 서울 본부에서 어쩌고저쩌고

해야 하는데……."

혜운당은 말끝을 흐릴 만큼 이미 방랑승에게 심적으로 눌리고 있었다. 그는 혜운당의 어투와 은근한 압력으로 마음에 파장이 일었는지,

"상학이건, 육림이건, 사도와 같은 것을 돈과 비교한단 말이요. 난 가리다."

하며 벌떡 몸을 일으켜 세웠다.

방랑승의 짧은 논고에 혜운당과 장훈은 더 이상 어떤 요구도 할 수 없었다. 그러나 장훈은 그가 지니고 있는 비법 하나만이라도 얻어낼 요량으로 자신의 영업을 포기하고 하루도 거름 없이 방랑승의 처소를 찾은지 달포가 되어서야 그의 관심을 이끌어냈다. 그가 알고 싶은 거야 한 두 가지가 아니었다.

달포 동안 방랑승의 방 귀퉁이에 틀어박혀 찾아오는 손님들의 쾌상을 풀어 재치는 방법을 보는데, 하도 여러 가지여서 종잡을 수가 없었다. 꼬집어 말할 수도 없었다. 왜냐면, 그는 상황에 따라 쾌상을 잡는 방법이 달랐던 것이다. 이를테면 상담을 하려는 사람들이 밀려있을 경우, 책을 읽듯이 얼굴 요소 요소를 손가락으로 집어가며,

'젊은 나이에 백회골에 흰머리는 부모덕이 없는 격이요. 인

간의 눈썹은 나계인데 서른 세 가지요, 그중 팔자형에 검버섯이 피었으니 죽은 형제가 따르고 있는 격이요, 오른쪽 눈은 陽이니 눈썹 속에 작은 사마귀는 서자격이라 필시 조실부모하고 의부 밑에서 자랐으리라. 자오子午는 충沖이요. 상극相剋이라. 오궁午弓(이마상단)에 뾰드락지를 턱밑 자궁子弓(턱의 끝) 상처가 친 격이니 지난 5월에 교통사고로 법적문제가 일어났으리라. 관골에 붉은 빛이 동주同住하였으니 그로 인하여 재물 손실에 어려움이 크도다.'

한다든가, 또는,

'동공이 검으니 눈물이 많도다. 수기가 촉촉하고 처첩궁(눈의 양 끝) 쥐눈이 콩 사마귀가 적빛을 띄었으니 간통중의 여자요. 곁눈질마져 생겼으니 간통사건으로 시끄러워 집을 나왔도다. 한두 남자로 만족 못할 상이요, 한 사내를 접고 나면 또한 사내와 간통할 것이요. 나이가 들어서는 찾을 자식도 없으리라. 마음에 음사를 버리지 않으면 늙어 알거지가 되리라.'

하며 여과 없이 쾌상을 내뱉고는, "답이없어! 고소당할거야" 하는 것이었다.

즉, 관상으로 쾌상을 말하면서도 추명학推名學 논리가 적용되고 있었다. 그런가 하면 한가히 상담에 응할 때면 관상으로 쾌상을 말하지 않고, 상대의 사주를 풀어 쾌상을 풀어 재치는 속도가 아주 빨랐다.

심지어 어떤 경우에는 상대의 얼굴에서 찰색을 보고,

"호주머니에 들어있는 돈을 동전까지 모조리 꺼내 놓으시요."

하는 것이었다. 그리고 금액의 총액 수치가 아닌 동전과 지전의 수를 헤아린 후, 그 숫자와 당시의 시간을 가지고 쾌상을 뽑아,

"금전문제로 재판 중 이로구만, 궁지에 몰렸어. 지는 재판이야,"

하고 주요골자만 추려 답을 내렸다. 그러니까, 시점時占과 육효六爻를 동시에 적용하는 것이었다. 또 그는 일정금액을 정해 놓고 복채를 받는다든가, 보는 사람의 숫자를 셈하여 복채를 받는 일이 없었다. 형편 되는 데로 복채를 주면 된다는 것으로, 그 점에 대하여 장훈은 일면 그에 대한 존경심도 일었다.

방구석에 매일 눌러 앉아있던 장훈 선생이 달포 만에야 비로소 눈에 띈 듯 그가 입을 열었다.

"장훈 선생, 무엇을 그리 알고 싶은 것인가?"

비로소 관심을 보이자 장훈은 반색을 했다.

"아……네, 그동안 보시는 방법을 좀 익혔지요."

"익히긴 했남?"

"도무지 알 수가 없습니다."

"겉을 보고 알 수 있다면 오죽 좋겠나? 심상을 읽으려니 한 두 해 공부해서 될 일도 아닌 것을."

"숨겨놓은 비법이 있다면 하나……."

"허, 쉽게도 요구를 하는 고만, 그간 달포동안이나 공들인 성의를 보고 장훈 선생의 관상이 자비로운 면이 있어 내 하나만 일러드리지."

장훈은 비로소 비법 하나를 얻게 된 기쁨이 앞섰다.

"천중살天中殺을 아시나?"

"처음 들어봅니다."

"삼재三災는?"

"거야 일자무식한 시골 촌 노노도 알지요."

"그걸 일러주지, 삼재가 12년에 한 번씩 누구에게나 오듯이, 천중살 또한 12년에 한 번씩 들어오지만 그걸 알거나 적용하는 술객들은 없어, 천중살은 하늘 가운데 나를 죽이는 살이 들어온 다는 것으로 삼재가 3년 든다면 천중살은 2년을 머무르고, 천중살이 드는 해는 백사百事가 불성不成한 것으로, 삼재와 달리 그 원인이 이미 만들어져 있는 것으로 나쁜 결과만이 투출되므로 피해가기 어려운 살로, 부부간에 하나가 들면 그 살신의 여파가 가족은 물론 주변에게까지 미치는 무서운 살신이야, 그 해가 되면 고약한 사건이 일어나거나 교통사고를 당하면 치명적인 곳을 다쳐 불구가 되거나 사망까지도 일어나는 것인데, 재판을 하는 자가 이 살을 만나면 이기기 어렵고, 죽은 사람이 이듬해 천중살이 들면 갈 길을 못갈 만큼 그 여파가 무서운 것을 우리는 모르고 산단 말이거든."

"그것을 어디에서 잡습니까?"

"모두 자기 안에 있으니 사주에서는 일주日住속에 숨어 있고……."

"네? 그럼 명리나 육림에서도?"

"물론 사주 네 기둥(년, 월, 일, 시)을 세우는 역학에 모두 적용되는 것이지."

"허, 참."

"또 천중살이 사주의 년지나 월지에 속하면 조실부모하거나 형제자매가 없이 자라게 되니까. 즉 팔자와도 관계가 된다는 거야. 천중살이 도래 하면 직장인은 좌천, 사건에 연루되고 학생은 공부를 안 하고 시험에도 불합격, 또는 투옥되거나 모진 고생과 역경이 따르는데. 잘못 다스렸다가는 천중살이 지난 후 7년 간의 세월이 허송이 될 만큼 그 세력이 강한 것으로, 일본사람들이 제일 무서워하는 것으로 우리가 삼재를 두려워하 듯 무서워 하는 것이지."

"……."

"육갑순중六甲順中에 맨 끝자리 10천간千干에 남는 12지지支

支로 갑자 순중이 계유癸酉에서 끝나면서 술戌과 해亥가 남으니 술,해가 공망空亡 되잖나?"

"네, 그러지요."

"그게 바로 천중살이야. 간단하지 않나?"

"저런, 우리는 공망으로만 볼 뿐 그 이상 적용하진 않찮습니까?"

"눈앞에 두고도 못 보는 이치 아닌가?"

"즉, 그 술과 해가 사주 속에 있다면 살아가는데 어려움이 많고 불리하지. 깊이 들어가면 띠 천중, 월 천중. 일 천중. 시 천중이 있는데 이걸 통 털어 숙명천중일세. 그렇지만 진辰과 유酉가 육합을 하는 사주에는 고것이 맥을 못쓰거든. 야튼 천중살이라는 것은 인간에게 가장 고약한 살이야. 장훈 선생에게 차차 더 깊게 응용법을 일러주지. 내가 이 장안에 오는 일도 이제 단 두 차례 남은 터."

"아이쿠 감사합니다. 그런데 이 장안에 오실일이 단 두 차례 남았다는 건 무슨 말씀인지……."

"누군가를 데리러 온 것 뿐 일세, 그 방편으로 자리를 잠깐 편 것이지."

장훈 선생은 그의 말을 이해할 수 없었다. 방랑승이 그에게 더 깊은 의미를 일러주고 알 수 없는 말을 남기고 떠난 후, 다시 장안에 나타난 건 몇 년 만의 일로 3등실 병실의 그녀가 수술을 받고 목숨을 건진 것도 순전히 방랑승의 덕이었다. 아마, 방랑승이 아니었더라면 그녀는 이미 이승사람은 아니었다. 그리고 그녀가 긴 세월동안 영어의 몸으로 매춘을 해야만 했던 암울한 과거를 씻을 수 있었던 것도 방랑승의 덕이었다.

그러니까. 그해 장마철로 기억되는 7월 중순의 일이었다. 방랑승이 기거하는 방은 단골로 그가 이용하는 여관의 가장 구석진 곳으로, 방값 또한 가장 허름한 그 자투리방이었다. 다시 장안에 나타난 그가 투숙한 후 며칠이 지나자 여관대문기둥에는 하얀 창호지에 먹물 글씨로 휘갈긴 안내 글이 다시 나붙게 되었는데, 그저 '관상'이라고 내갈겨진 두 글자였다.

누가 보아도 연일 소낙비가 내리는 중에 그걸 보고 찾아올 사람이 있을 리 만무하였지만, 방랑승은 몸을 단정히 하고 좌정한 자세로 무슨 주문 같은 것을 외우고 있었다. 그런 그를 처음 찾아온 것은 그와 알게 되었던 장훈 선생이었다.

"아유……스님, 이 장마철에 방을 써 붙이시고, 어디 누구하나나 오겠습니까? 서체를 보고 스님인 줄 알았지요."

"허! 장훈 선생, 사람이야 부르면 오는 게지."

"부르다니요? 도술이라도 펴실랍니까?"

"장훈 선생에겐 도술로 보이나? 자 그럼 사람을 불러보지."

방랑승은 윗목에 향을 사르고 눈을 지그시 감은 후 무슨 주문(다라니) 같은 것을 외우는데, 자못 그 표정이 진지하고 오대불법을 설하기 직전 대사의 모습 같았다.

한참 만에 눈을 뜬 그가,

"장훈 선생. 곧 두 내외가 올게야. 저녁엔 그 처사 집에 가게 되는데, 자네는 내 곁에 붙어있다가 행동을 같이 하고, 쌀이나 주면 가져다 권속들 입에 풀칠이나 해주게."

"예? 그게 사실이랍니까?"

"두고 보면 알지."

방랑승의 말은 곧 사실이 되었다. 누군가 문을 두드렸다. 들어온 것은 40대 중반의 나이로 보이는 두 내외였다. 사내가 앉으며 말했다.

"입구에 써진 것을 보고 왔습니다."

"앉으시오."

방랑승은 말없이 사내의 얼굴을 쏘아보더니 다짜고짜 입을 열었다.

"인육人肉장사 로구만!"

그러자 사내가 경색의 눈빛으로 반문했다.

"인육장사라니요?"

"그럼, 그 관상에 인육장사나 하는 게지, 소고기장사란 말인가? 사람을 사다가 그걸 부려 먹을 걸 해결하고, 그걸 되팔아 이윤을 남기는 게 인육장사가 아니고 뭐란 말인가?"

그 제서야 사내는 말뜻을 알아차리고 얼굴을 붉히더니 이내 부끄러운 표정으로 되물었다.

"제, 얼굴에 그렇게 써 있습니까?"

"누가 써 났나? 스스로 그렇게 쓰고 사는 게지, 하고 많은 직업 중에 하필 왜 사람을 사고파나? 거금에 사온 계집이 그만한 돈을 가지고 도망을 쳤구만, 그걸 못 잡아 안달나서 왔지?"

"아이고 스님, 그렇습니다요. 그래, 대구에서 얼굴이 반반해서 삼천만 원에 사온 년이 1,700만원을 들고 도망을 갔습니다. 잡을 수나 있을 런지."

"잡을 수야 있지. 어디 그럼 관상을 자세히 볼까?"

하고 말하자 사내가 자세를 바르게 고치며 바라보았다. 그런 그를 책 읽듯이 방랑승이 관상을 읽어 내려갔다.

"이마 오午궁과, 관골에 적빛이 피었으니 금전손실을 입고 있으리라. 역마궁을 보면 조상이 편치 못할 상이요,. 미간주름 세 개는 밤잠을 설치게 하는 상이요. 처첩 궁에 몽색은 지집년 사고팔아 끼니를 떼울 상이요. 필시 하는 짓이 포주로다. 집안 조왕에 금일 밤 치성하면 해시亥時말에 돈은 조금 찾겠구만."

그러자 사내가 바짝 다가앉으며 안달을 떨었다.

"그래요? 돈을 찾긴 찾는단 말입니까?"

"찾고말고, 다는 아냐. 그렇지만 돈이나 지집이나 결국 다시 없어지게 될 걸세."

"아무튼 얼마가 되었든 일단 그년을 잡아서 돈부터 찾아야지요. 그럼 저녁에 저의 집에서 뭘 한단 말입니까?"

"그래, 저녁에 갈 테니까 지금 나가는 즉시 쌀 한가마 사서 저기 판자촌 대문열린 집 안쪽에 넣어 보시고, 삼(3)과일 적당히 사다가 부엌에 차려놓고 쌀 한말 올려 놓으면 될 일이야. 그럼 내가 가서 조왕竈王(부엌신)을 봐주지."

"그러겠습니다만, 찾은 돈이나 지집 년이 다시 없어진다는 건 무슨……."

"그건 세월을 두고 보면 알게야."

"여하튼 그 년을 잡아 돈부터 찾아야지요. 그럼 지금 나가서 말씀대로 준비를 할 테니 저녁에 오실랍니까?"

"암, 가야지."

사내가 약도를 자세히 그려주고 나가자 장훈 선생이 두 눈을 크게 치뜨고 놀라 방랑승을 멍 하니 바라보며 말했다.

"아이고 스님말씀 데로 귀신같군요. 가만히 앉아 사람을 부르는 것도 그려려니와……."

"장훈 선생은 기다렸다가 저녁에 쌀 주거든 그거나 가져가."

"쌀이 문젭니까? 스님 뫼시고 가는 것도 영광이지요."

장훈 선생은 어느덧 방랑승의 시자가 되어 말했다.

비개인 저녁 사내의 집으로 향했다. 그곳은 거개가 그렇듯 기차역 뒷편에 몰려있는 전형적인 집창촌으로, 입구에서부터 여러 매춘녀들이 조명불빛 아래 득실거리는 집이었다.

방랑승은 본체부엌에서 무얼하는지 한참동안 궁싯거리더니 천수와 조왕경을 염불하기 시작했다. 10시가 다되어 끝이 났다.

해시亥時 말末이 되어갈 즈음이었다. 사내가 음료수를 내오며 물었다.

"말씀대로 라면 지금시간에 잡는다고 했는데……."

곁에 앉은 장훈 선생은 방랑승의 쾌상이 빗나갈지 모르는 염려에 조바심을 가지고 있었다. 그러나 그는 의연한 자세로 음료수 잔을 내려놓으며 입을 열었다.

"연락이 곧, 오겠구만."

말이 떨어지기 바쁘게 마루의 전화벨이 울렸다. 사내가 빠르게 수화기를 들었다.

"뭐야? 잡았어? 뭐라고? 단골로 오던 군바리와 여관방에 함께 있었다고? 돈은? 뭐야? 백은 쓰고 천육백은 찾았어? 알았어, 내 바로 그리고 갈 테니 그년 머리채 휘어잡고 있어."

방랑승의 쾌상은 백발백중이었다.

"스님, 내 빨리 다녀올게요."

사내는 허둥지둥 밖으로 나갔고 그의 아내가 팔짱을 낀 채 뒤따르며 말했다.

"스님, 쪼매 앉아 계세요."

방랑승이 소리쳤다.

"때리지는 말고 데려와."

전화가 온 것은 사내의 처남이었다. 온 가족이 매춘으로 밥을 먹는 일가를 이룬 포주였다.

한 시간이 지나서야 일행들이 겁을 먹고 발발 떠는 얼굴이 티 없이 곱고 어여쁜 여자아이의 멱살을 잡아끌고 집안으로 들어와 방랑승 앞에 무릎을 꿇리며 말했다.

"이년입니다요. 어디 이년 관상이나 한번 보세요. 또 그럴 년인지."

"처사, 따지면 일찍 둔 딸 갔겠구만, 안정이나 시키게."

방랑승은 여유를 가졌다. 그리고 고개를 푹 수그린 여자 아이의 턱을 손으로 치켜세워 보더니 입을 열었다.

"쯧쯧쯧. 어찌 하면 좋을꼬. 죽을 일을 한번 당해야만 이놈의 집구석을 나오겠구만."

"무슨 말씀입니까? 스님."

"자네와의 인연은 끝날게야, 지금은 좋을지 모르나 이 아이에게 되찾은 돈은 다시 놓칠 돈이야, 그리고 내가 데려가게 될게야, 두고 보면 알지."

그런 일이 있은 후, 사내가 방랑승을 찾은 것은 다시 일 년이 지난 후였다.

"스님, 그 때 그 지집년 말입니다."

"걔가, 어쨌다고?"

"죽게 생겼습니다. 그래서 내보내려고 하는데."

"이런, 나쁜 사람, 얼굴값으로 자네 수익을 전부 붙여주다시피했다면서, 죽게 생겼다고 그냥 내보내? 나가서 죽으라는 예기지, 그게 어디 사람 짓인가?"

"그럼, 어쩌란 말입니까! 도립병원에 가니까 늑막염정도가 심해서 수술을 해도 살기가 힘들다는데."

"이 사람아, 그러도록 몸을 팔게 한 거야? 죽을 때 죽을 망정 수술은 시켜보고 내보내야지, 그럴 수 있단 말인가, 죄받을 일이지."

"……."

"입원을 시켜서 수술을 해주고 살게 되거든 그 아인 포기하고 내게 주게. 지난해 그 아이 잡아들인 후 내 맘이 편치를 못했어, 어디 그때 돈한 푼이나 내가 받기나 했는가? 쌀 한 말 장훈 선생에게 준 것 뿐이잖나."

사내는 그 제서야 방랑승의 지난 말들을 되뇌어 새겼다.

"그럼, 하시는 말씀에 따르지요. 지금까지 모든 게 한 치도 틀리지 않는군요."

"허튼 말은 하지 않았네. 그 아인 이제 내 아일세. 당장 입원을 시켜 수술을 해주고 복을 짓게."

"알겠습니다."

포주사내에게 그래도 양심이 있었다. 수술 후 그녀는 다행히 목숨을 건졌다. 그리고 방랑승에게 그녀를 넘겼다.

그녀가 퇴원을 하자마자 방랑승은 그녀를 데리고 자신이 기거하는 한옥여관에 방 하나를 따로 얻어 회복시켰다. 기운을 되찾은 그녀가 차를 끓여 방랑승 앞에 앉았다.

"얘야. 집으로 갈련?"

"할머니 한분이 살아계셨는데 돌아가셨다는 소식을……."

"갈 데가 없다는 게냐?"

"네."

"그럼, 내 말을 듣겠느냐?"

"네."

"운문사로 들어가 삭발을 하겠느냐?"

"네, 스님 말씀이라면……."

"당장 나를 따라 운문사로 가겠느냐?"

"네."

"너, 하나를 데리고 가려고 지금껏 이 장안을 들락거렸으니, 운문사방장에게 너를 맡기고서 이제는 만행을 끝내고 내 토굴로 들어가야 하겠다."

장마가 다시 시작 되었다. 굵은 빗줄기가 한옥기와지붕이 깨지도록 세차게 쏟아지고 있었다. 방랑승이 행랑을 메고 그녀를 데리고 길을 떠났다. '관상'이라고 내갈겨 써 붙였던, 물에 젖은 한지가 여관입구 길바닥에 납작 붙어있었다. 뒤늦게 찾아온 장훈 선생이 두리번거리며 서 있었다.

*

이렇게 만행을 끝낸 방랑승은 장안에 다시 나타나지 않았다.

6
부처 城

염주를 목에 건 한 노마는 부처들이 싸운다고 한숨지며 울먹거렸다. 무리를 이룬 부처 뒤에는 제발 싸우지 말라고, 전쟁을 멈추라고, 연신 대웅전에 절하는 또 다른 부처들이 있었지만, 진짜 부처들은 듣지 않았다.

6
부처 城

 플랫폼 초록색의자에 앉았을 때, 맞은편 복선철로건너 편에 높이 솟은 물탱크로 여겨지는 커다란 원통빛깔이, 그린과 코발트를 1:1의 비율로 섞고, 화이트가 2프로정도 혼합된 안정된 빛깔로 비쳐지고 있었다.

 열차가 들어섰을 때 객차번호 1·2호, 3·4호, 5·6호 순으로 정차하는 열차에 승차가 편리하도록 푯말이 서 있고, 한량 길이의 간격을 둔 것은 식당차위치였다. 다시 나머지 7·8호의 위치에도 푯말이 서 있었다. 나의 객차번호는 3호 객차 중간좌석이었다. 하지만 승차를 한 나는 출구 쪽 텅 빈 의자로 옮겨 앉았다. 쉽게 식당차로 옮길 수 있기 때문이다.

스피커에서 안내방송이 들려왔다. 그 소리는 레일을 구르는 금속마찰음소리에 맞물려, 자세히 알아들으려면 별도의 노력이 필요했다. 쇠바퀴가 레일마디를 구르는 소리간격이 갈수록 좁아지는 것은 열차의 속도가 빨라지기 때문이다.

레일이 맞물린 곳을 스칠 때 마찰음이, 피아노반주 4분의 4박자에서 가장 으뜸화음인 도, 건반이 맨 처음 빼놓을 수 없는 것처럼, 도. 쏠. 미. 쏠. 과, 도. 라. 파. 라. 그리고 도. 도. 쏠. 도에서 도,음이 언제나 맨 처음 빠질 수 없는 고정 음으로 들렸다. 프라스틱 케이스에 담긴 종이컵을 겹쳐 세운 앙증맞게 작은 손수레를 끌고 나타난 카키색남방에 전체적으로 쥐색이 도는 체크무늬조끼를 입은 판매원이,

"뜨거운 커피요."

하며 다가왔다.

"커피하나!"

기댔던 몸을 당겨 앉으며 주문을 했다. 커피는 뜨거웠다.

굳이 식당차로 옮길 필요가 없었다. 나는 이렇게 여행을 할 때는 두고 온 일상의 잔상들을 조금도 염두에 두지 않았다.

반면, 여행에서 크고 작게 일어나는 일들과 그 때의 환경과 끊임없이 변화되는 공간속에 스스로를 깊숙이 묻어버렸다. 여행이란 늘 그래야 한다고 나는 생각하고 있었다.

내가 홀연히 길을 떠난 것은, 글 좀 쓰겠다고 절간후원 방 하나를 얻어 생활하다가, 글구멍이 막혀 바깥구경이나 좀 해볼 요량으로 모처럼 나선 것이다.

여러해 동안 절간생활을 하면서 얻은 것이라면 삭발염의는 하지 않았지만, 혼자 예불을 올리거나 여러 경전을 대할 수 있는 소득이었다. 하루는 노승이 말했다.

"하는 걸로 보면 불성佛性도 있고, 어지간한 사미승수준을 갖추었는데, 발심發心을 일으켜 아주 입산入山하는 게 어떤가?"

하고 권한 뒤부터 노승은 틈만 나면 입산 말을 꺼내들었다.

처음 서너 달 후에 내려올 계획으로 이미 하숙비를 계산한 터였다. 그 뒤부터는 아예 공짜 밥으로 운동삼아 절마당이나 쓸어주며 오랫동안 몸을 부지할 수 있었다. 그런 입장에 노승이 종래 그렇게 권한 것도 무리는 아니었다. 하지만 애당초 입산을 마음에 둔적이 내게는 추호도 없었다.

"어딜 가려고 행장을 꾸리는가?"

"바깥세상이나 한 번 둘러볼까 합니다."

"다시 안 올 건가?"

"아니요. 다시 와야지요."

"그래? 그럼, 이번 여행길에 마음을 아주 정리하고, 돌아와서는 삭발염의하고 입산하는 게 어떤가? 그렇게 약속할까?"

노승은 막내아들 달래 듯 본격적으로 권했다. 아주 제자를 삼으려는 뜻을 굽히지 않았다. 공밥세월에 염치를 생각하면 당장 거절하는 것도 그런 터여서 나는,

"마음정리를 어떻게 하든 해야지요."

하고 말했다. 하지만 그 대답이 입산의 확실한 거절도 아니고, 입산을 염두에 둔 마음정리 쪽으로 비중이 간 터여서, 그것이 여행길 마구니가 되고 정말 입산을 해야할지 말지, 번민을 만들었다.

저녁구름은 잿빛을 띄고 있었다. 한 조각 앨로우 빛깔로 밝아 보이는 구름떼사이 하늘을 차창 밖으로 볼 수 있었다. 조금 전, D시의 역에서 하행하는 노선으로 환승했다. 다시 오른 하행선의 객실은 종전 열차객실보다 더 많은 승객으로 번잡스러웠다. 객차번호는 3호차로 처음 열차의 객차번호와 같았다. 지정좌석번호 17번을 찾는데 70대로 보이는 스님 한 분이 나의 지정석에 앉아있었다.

"스님, 제자리에 앉아계시는 데 차표확인을 해 보세요."

"아! 그래요?"

그는 조그만 회색가죽지갑의 지퍼를 열고 꼬깃꼬깃 넣어둔

차표를 꺼내보고서 미안한 표정으로 말했다.

"이런, 그렇구만, 내가 눈이 어두워서."

그가 자리를 옮긴 곳은 통로옆자리 안쪽이었다. 창 쪽으로는 신사복차림의 40대 후반의 사내가 앉아있었다. 아랫방향에는 해인사를 비롯, 여러 대찰이 있는 탓으로 객실은 유독 여러 스님들이 눈에 띄었다. J시로 가까이 갈수록 노란빛을 띠던 창 밖 하늘의 구름은 온통 잿빛으로 변했다.

이때, 스님이 자리를 옮겨 앉은 곳에서 돌연 한 사내의 비아냥거리는 엉뚱한 말소리가 고막을 자극했다. 스님은 사내에게 무슨 말을 한 것 같았다.

"스님말씀대로라면 누구나 깨달으면 부처가 된다니, 나중엔 길거리에 부처가 부지기수로 많아지겠군요?"

"……"

난처한 질문을 사내는 던졌다. 어이가 없었는지 스님은 사내의 질문에 바로 대답을 하지 못했다. 사내의 얼굴을 보려고 몸을 돌려보았지만 보이지 않았다. 하지만 창문유리에 비치는 사내의 모습을 볼 수 있었다. 스님은 그에게 설법을 한 모양이다.

글방 절간노승이 자신의 제자들에게 이르기를 부처님말씀에, '때 아닌 곳에서 설법을 하지 말라.'고 하던 말을 들은 적이 있었다. 스님은 그걸 잊은 모양이다.

　그러나 잠시 후 둘의 웃음소리가 들려왔다. 아마 그의 비아냥거리는 질문의 답변이 잘 마무리되고 우세한 입장으로 사태가 변한모양이다. 그러자 그 여세를 몰아 스님의 설법이 그에게 계속되었다. 스님은 난처한 상황을 모면하자 사내의 기를 꺽을 모양이었다. 사내에게 던지는 설법은 깨침에 대한 내용이었다.

　"기륜전처機輪轉處에 달자達者도 유미猶末니 사유상하四維上下요 남북동서南北東西니라 했네."

　"무슨 뜻인지 알아야지요?"

　톤을 높여 퉁명스럽게 묻는 사내의 태도는 '알아듣기 어려운 문자만 늘어놓으면 장땡이냐'는 어투였다. 그러나 스님은 괘념치 않고 다시 말했다.

　"수레바퀴가 구르듯이 재빨라도 그것으로 만족하지 말라. 세상천지는 넓고 넓다_아 는 말이야."

　스님은 해설의 끝 구절에서 넓다를 '넓다_아'로 힘주어 말했다. 사내를 질책하는 어투다. 사내의 퉁명한 질문이 못마땅하다는 투였다. 그러자 사내의 표정과 태도가 종전보다 수그러지는 느낌을 받았는지, 스님은 쉬지 않고 말했다.

　"혜중이 바퀴를 제치고 심봉을 뺏다 꽂고 하는 것이, 그것이 이미 수레인줄을 모르면, 깨쳤느니, 견성했느니, 선지식이니, 하고 떠들어 봐야 한두 푼짜리 밖에 되지 못한다는 말일세, 척, 하면 알아차려야지!"

"……."

사내는 이제 입을 열지 않았다. 스님의 열강은 계속되었다.

"우물쭈물하면 南北東西 그리고 上下가 넓고 넓어도 쥐구멍에 들어간 것처럼 부자유해서 다섯 자 몸 하나 움직여낼 수 없으니 갑갑하기 짝이 없지, 자넨 南北東西 上下가 어디 막힌 데만 보았나?"

"……."

이쯤 이르자 사내는 이제 두 손을 모으고 다소곳해졌다. 선문 禪問같은 질문에 말문이 막힌 듯 보였다. 반대로 스님의 한손이 그를 설법하느라 올리고 내리며 움직였다.

"그, 넓고 넓은 천지에서 왜 자유롭게 굴질 못하는가?"

"……."

"누가 자네를 막는 사람이 있던가?"

"……."

대중을 나무라듯 스님은 이제 그 사내를 힐책했다. 그러나 그 설법은 이미 주변대중에게 초점을 맞추고 있었다.

"사실상 우리 일상생활에 막는 사람이 있거나 제한하듯이 생각하는 게 보통이지만, 그것이 전혀 그렇지 않거든! 돈을 많이 벌려고 하면 제 마음대로 벌리느냐—하면 그렇지 않고, 고관대작을 하고 싶어도 그것이 내 맘대로 되느냐— 하면 또 그렇지도 않거든."

"……."

"그러면, 남북동서 상 하, 그 넓은 천지에서 제 마음대로 되지 않는 일이라곤 하나도 없다고 한 것은 정신 빠진 잠꼬대 같은 소리라고 하겠지? 그런데 그것이 알고 보면 하나도 부자유하지도, 무리하지도 않거든, 돈벌이하는 사람이 돈벌이에 얽매이기 때문에 돈벌이가 안되면 짜증이 나서 실망을 하고, 세상을 힘들게만 여기게 되고, 고관대작을 바라는 욕심에 얽매여 그것이 뜻대로 이루어지지 않으면 온갖 불만과 불평을 일으켜 결국은 모가지가 달아날 지경에 이르고 말거든,"

"그러면 어떻게 살아가야 합니까?"

이제 사내는 자성이 조금 교화된 건지, 주변사람을 의식한 건지, 질문답게 물었다.

"돈벌이를 하되 얽매이지 말고 자연스럽게 그 일에 열중해서 틈새를 두지 말고 꾸준히 노력하고, 고관대작만을 바라지 말고 맡은 일에 충실해서 사념 없이 노력하면 그 때 자연히 승급되거든, 바꾸어 말하면 그 일에 충실하여 타념他念을 두지 않으면 그 일에 가장 자유로운 세계가 전개된다는 말이야, 즉 얽매이면 넓은 천지도 바늘구멍보다 작아 보이고, 얽매이지 않으면 그 바늘구멍으로 자유롭게 넘나들 수 있거든, 이것이 살아가는 지혜智慧세."

"하! 마음먹기 달렸단 말씀이로군요."

사내가 조금 깨우친 듯 말했다.

"허, 이제야 제대로 알아들었구먼, 그걸 한마디로 일체유심조一切唯心造라고 하지, 천지는 모두 마음먹기에 달려있다＿아 는 말이거든."

스님은 또 끝마디의 '다＿아'를 힘주어 말했다.

조금 깨우친 사내는 처음 그의 질문대로 깨우쳤으니 당장 부처가 되었다.

"스님, 그렇다면 우리 같은 속인이 세상을 살아가는 기본적인 자세를 말씀해 주십시오."

"허! 이제야 제대로 묻는구만, 그 기본적인 자세야 속인이나 승속이나 모두 똑같다고 할 수 있지."

"어떻게 똑같을 수 있습니까?"

사내는 더 깨우치고 싶었는지, 아니면 주변을 의식한 건지, 질문다운 질문을 던졌다. 스님은 사내의 부정적인 태도를 바꾸어 놓은 것에 만족한 듯 기세등등하게 다시 말했다.

"처음 마음먹었을 때를 우리는 초심初心이라고 하지, 초심자에겐 스스로 경계하고 지켜야할 초발심자경문初發心自警文중에, 계초심학인문誡初心學人文이라는 것이 있어,"

"그게 뭡니까?"

"그건 초심을 가진 자가 경계하는 내용이지만 속인이나 출가자나 그것만 지킨다면 세상 시끄러울 일이 생겨날 수 가 없지."

"허, 그래요? 몇 구절 일러 주십시요."

"그래? 장문長文이어서 죄다 일러줄 장소가 되지 못하네만 기본적인 구절만 일러주지."

"예."

스님은 이제 여유로운 자세로 눈을 지그시 감고 말했다.

"부초심지인夫初心之人은 수원리악우須遠離惡友하고 친근현선親近賢善 하라ㅡ아 했네."

"무슨 뜻입니까?"

"대저, 처음 마음먹은 사람은 모름지기 악한 벗을 멀리 여의고 어질고 착한 이를 가까이 하라ㅡ아는 뜻일세, 아주 당연한 이치 아닌가?"

"예, 당연하지만 지키기 또한 세상살이가 쉽지 않지요."

"그러니까 초심만 지켜도 세상이 시끄럽지 않다는 게야, 그게 첫 구절인데 또 다른 내용을 보면, 대자위형大者爲兄하고 소자위제小者爲第나라 했네, 즉 큰 자는 형을 삼고, 작은 자는 아우를 삼으라_아는 뜻이지, 이 또한 중요하지 아니한가?
또, 당위쟁자黨有諍者 양설화합兩說和合이라 했으니 다투는 자
가 있거든 두말로 화합 하라_아는 말이니, 우리 사회생활에
꼭 필요한 경문이 아닌가!"

"듣고 보니 참으로 좋은 경문이군요."

부처가 된 사내가 이제 아주 순화된 태도로 말했다.

"암, 이 경계문은 출가자나 속인이나 다-아 지켜야 할 경문
이지, 그 뿐인가? 재색지화財色之禍는 심어독사甚於毒蛇하니,
성기지비省己知非하야 상수원리常須遠離하라_아 했으니, 재물
과 여색은 독사보다 심하니 몸을 살펴 그른 줄을 알아서 항상
모름지기 멀리 여일지어다_아 했지, 재색財色이야기가 나왔
으니 말하네만 자경문自警文 제7에 송왈頌曰, 하고 이르기를,
견재색필수절념대지見財色必須正念對之어다. 이는 '재물과 색
을 보거든 모름지기 바른 생각을 지니라는 뜻이요, 해신지기
무과여색害身之機無過女色은 몸을 해하는 기틀은 여색보다 더
한 것이 없음을 뜻하며, 상도지본喪道之本은 막급화재莫及貨財
니라 했네, 이 말은 바른길을 상하는 근본은 돈과 재물보다
더 미치는 것이 없다는 말이야, 그래서 안도여색眼覩女色이라
눈으로 여색을 보거든 여견호사女見虎蛇하라 했으니 호랑이나
독사, 뱀을 보는 것 같이 하라는 것이고, 신임금옥身臨金玉이
거든 등시목석等視木石하라 했네, 몸에 금과 옥이 닿거든 나무

와 돌을 보는 것 같이 하라 했으니 여색과 재물에 탐을 내지 말라는 뜻이야,"

"스님말씀대로 살아간다면 정말 세상이 시끄러울 일이 없겠군요."

깨달음을 얻은 그 사내는 이제 확실한 부처가 되었다.

차창 밖 산들이 검은 형체로 보일 때쯤 열차는 J시에 도착했다. 사내와 스님의 말소리는 계속되었다. 스님은 그 사내를 아주 깨우치게 하려는 모양이었다. 스님의 설법내용은 도덕적 규범임에는 틀림없었다. 불빛이 반짝이는 J시에서 열차가 멈추었을 때 나는 막연히 내렸다. 역내화장실에 예외 없이 통일된 시설물이 있었다. 콘돔자판기다. 자판기에는 주표어로 '자신을 지키는 현명한 선택!'이라는 큰 글씨 밑에 AIDS 예방, 피임은 콘돔으로, 일반형 500원, 고급형 1000원, 그리고 동전투입구 상단에는 손에 쥔 둥근 콘돔의 끝이 유두를 연상시켰다.

우기雨氣의 도시는 음산했다. 나는 낯선 시가의 거리를 목적 없이 떠돌았다, 낯선 사람들을 스치고 낯선 커피숍에서 낯선 의자에 앉아 커피를 마셨다. 그리고 낯선 식당 낯선 쥔네에게 식사를 청하고, 골목안 오래된 낯선 삼류여관에서 샤워를 하고 몸을 풀었다.

T.V를 켰다. 머릿기사가 보도되고 있었다. 그 사태는 아까의 열차에서, '기륜전처機輪轉處에 달자達者도 유미猶未니 사유상하四維上下요, 남북동서南北東西니라' 어쩌고저쩌고 하던 스님의 설법과는 정 반대현상이 일어나고 있었다. 부처들이 전쟁을 일으켰다. 잿빛승복 부처대열 맨 앞에서 淨化글씨를 쓴 목탁을 두들기는 부처가 시야에 들어왔다.

　그 뒤로,

　물밀 듯 쳐들어가는 부처,

　방어를 위하여 주먹을 휘두르는 부처,

　질질 끌려가는 부처,

　피흘리며 쓰러진 수염 난 부처,

　의자를 내리치는 부처,

　한주먹에 쓰러지는 부처,

　어디론가 뛰어가는 부처,

　도망가는 부처,

　야구방망이를 휘두르는 부처,

　쇠파이프를 손에 든 부처,

　차양모를 쓰고 마스크로 얼굴을 가린 부처,

두패로 갈라선 부처들 한패는 부처 城(총무원 건물)을 공략하고 한패는 성을 사수하려고 안간힘을 쓰고 있었다. 천태만상모습이다. 또, 단순히 성을 사수하려는 차원을 넘어 어느 소국小國의 전쟁모습이다. 공략을 하려던 부처들은 반대파가 소화기로 내뿜는 포말에 휩싸여 길거리로 내몰아졌다.

(조계사 정화운동)

열차에서 설법을 듣던 사내의 말처럼 길거리에는 정말 부처들이 부지기수였다. 부처들은 서로 맞닥뜨려 피가 튀게 싸우고 있었다. 아마 깨달은 부처가 너무 많다 보니 부처싸움이 난 모양이다. 염주를 목에 건 한 노마는 부처들이 싸운다고 한숨지며 울먹거렸다. 무리를 이룬 부처 뒤에는 제발 싸우지 말라고, 전쟁을 멈추라고, 연신 대웅전에 절하는 또 다른 부처들이 있었지만, 진짜 부처들은 듣지 않았다.

진짜 부처가 되려면 전쟁도 불사한다. 소위 범불교도 궐기대회를 개최한 부처성 측과 대회를 저지하는 정화개혁측 부처들 간에 난투극이었다. 양극의 결사저지는 얼마전 법원의 현 총무원장 부존재확인판결뒤 골수 깊게 이어온 부처들의 내분이었다.

열차 객실에서 주변사람들에게 설設했던 한 스님이 초발심자경문初發心自警文만 지키고 살면 세상 시끄러울 일이 없다더니,

열차의 대중들을 다시 볼 면목을 잃고 말았다.

'당유쟁자黨有諍者양설화합兩設化合.'

다투는 자가 있거든 두 말로 화합하라.

자경문은 그렇게 일렀는데, 되레 부처들끼리 언어가 부재되었다. 부처들이 지키며 스스로 경계한다는 주옥같은 자경문이 소화기분말 속에 묻혀 허공으로 날아가 버렸다.

또, 南北東西 上下가 넓고 넓다더니 부처들은 쥐구멍에 들어간 것처럼 하나같이 부자유하고 다섯 자 몸하나 제맘대로 추스리지 못하고 질질 끌려가고 있었다. 一佛第子라고 했는데 多佛第子로 언제 갈래가 이렇게 천태만상으로 나누어졌는지 알 수 없었다.

나라정치가 긴 세월 東, 西로 분리되어 망국현상을 겪었다. 동서화합의 길로 접어들어야 하는 판에 오히려 부처들은 그걸 본보기 삼을 줄도 모르고 있었다. 부처들의 밀고 당기는 싸움 속에 맨 먼저 화면에 비쳤던 淨化라는 목탁글씨는 그들이 걸핏하면 내걸어온 명분이다. 그들은 긴 세월, 부처 성의 주인이 바뀔때 마다 정화를 내세웠다. 실로 많은 시대를 겪어오며 불교가 내 걸어온 말이다. 자, 그러면, 이쯤해서 불교정화, 그 역사의 뿌리를 찾아보자.

숙고하건데, 한국불교 淨化는 단기 4287년부터 시작된다. 짧은 세월이 아니다. 그것은 이승만李承晚의, 『불법유시不法瑜示와 불교파동의 진상』(대한불교 조계종 총무원 발행. 단기4293 년. 10월)을 보면 당초의 淨化가 극히 잘못 시작되었음을 시사 한다. 필자가 지니고 있는 그 고서의 기록을 보면, 불교파동 은 독재자 이승만은 부산 피난당시 국회의원들에게 압력을 가하여 소위 발췌개헌안을 강력 통과시켜 간섭 불능한 자신 의 제2대 대통령선거를 직선으로 강행하였고, 환도 후 제3대 대통령선거를 앞두고 또 다시 집권을 위하여 종교 및 민간 각 단체를 분열시켜 자신이 조작한 단체를 우선거右選擧에 악용 코자 기도했다. 이것을 눈치 챈 모 측근자가 이승만에게 고하 기를,

　'한국불교승려 중에서 김아무개, 박아무개 등 대부분의 처 자를 가진 승려가 각하를 반대하고 있으므로 그 외 처자 없는 중들이 있으니 현재 대처帶妻한 승려는 사외寺外로 축출하고 처자없는 중을 대체하여 후일 그들을 동원시켜 득표공작만하 면 그 표수가 실로 사백만 표는 될 터이니 그런 방향으로 '관 제불교官製佛敎를 만들라.'고 시언한다.

　이에 오신한 이승만은 돌연 단기 4287년 5월 21일 현재의

한국불교승려는 친일파이므로 그들을 내몰고 가정없는 승려가 사찰을 차지하라며 근거도 없는 소위 제1차 대통령유시를 발표했다. 이 때, 소위 불교정화라는 미명아래 여신도 김 아무개를 앞세워 경무대비서등과 친근하여 갖은 회합을 속개하면서 자주 이승만과 접촉하였다.

이승만은 모든 일사가 자신의 뜻대로 이루어지는 것을 느끼고 헌법 제12조에 규정된, 정교분리기본자유원칙을 무시하고 처자를 가진 승려는 친일파로 매도하면서, '사찰을 퇴거치 않을 경우 官이나 民이 용서치 않을 것이다.'라고 강력한 유시를 한 것이다. 그 기세를 몰아 이승만은 동년 11월에 사십오인 개헌과 자신이 목적한대로 제3대, 제4대 대통령부정선거에서 가장비구승假裝比丘僧(가짜승려)들을 이용했다.

이때부터 관제불교로 전락된 불교에 사찰정화. 불교정화, 하는 실시요령들이 -사찰정화에 관한 건-이라는 제하로 문교부장관, 내무부, 재무부, 농림부, 사법부, 경무대에 이르기까지 이승만의 교시에 의한 淨化派動이 시작된 것으로 기록되어 있다.

그 후 정식출가승이 아닌 많은 가장비구승假裝比丘僧들을 급조동원하여 기존 주지들을 각목 등 무력으로 내모는 淨化가

신문지상을 통하여 누누이 보도되어왔다. 그것은 한 권력자의 욕구로 잘못 시작된 정화의 방법이 하나의 습쩝으로 지금까지 남아있는 것이다.

이승만이 친일파로 매도한 승려들이 새롭게 세운 종단과 당초 한 비구의 간교에 의하여 분리된 종파가 현대에 이르러서는 한국불교의 양대산맥(태고, 조계)을 이루고 있는 것은 결코 친일로 내몬 자체가 잘못된 것이라는 것이다. 이렇게 단기 4287년부터 시작된 한국불교 淨化는 21세기 현대에 이를 때까지 그 정화를 바탕으로 어쩌니저쩌니, 총무원의 수장이 바뀔 때마다 시끄러운 것은 당초 정화의 단추가 잘못 끼워졌기 때문일 뿐더러, 주먹을 쓰는 가짜승려를 내세운것부터가 온당치 못한 불법이었다.

그 잘못된 습쩝의 꼬리는 길고도 길어, 2018년에 이르러서는 조계종총무원장 설정스님을 퇴진케하려는 설조스님의 단식, 그리고 종래 사상유래 없는 총원원장 불신임가결이라는 한국불교사의 불명예가 잘못 끼워진 단추가 제자리에 끼워지기 전에는 대혁명 같은 불교근본이 해결되지 않고서는 올바른 정화는 결코 이루지 못할 것이다.

안개 자욱한 낯선 도시 낯선 기차역, 다시 떠날 열차는 09시

09분 열차였다. 화물열차 한량에 표면색깔이 각기 다른 컨테이너가 적재된 열차가 길건너로 들어와 멈추자, 곧 이어 역무원과 복구요원들이 화물칸 사이의 결함을 발견했는지 우르르 달려들어 가랑비를 맞으며 공구를 들이대고 풀고 조이기를 반복했다.

　나의 객차번호는 줄 곳 3호 차였다. 여러 번 열차를 갈아탔지만 3호차로 지정 된 것은 목적코스별로 여러 장의 차표를 한꺼번에 예약했던 까닭이다. 예외 없이 좌석번호 또한 17번과 18번을 오갔다. 3이라는 숫자는 개념상 나에게 싫지 않은 숫자였다. 항상 그렇듯이 여행에는 좋은 일이 생길 거라는 막연한 기대가 일었다. 하지만 암자를 떠날 때 노승의 입산권유에 어떻게 하든 마음정리를 해오겠다는 대답을 한 것이 입산 쪽 비중으로 보인 것 같아 심리적 부담을 주었다.

　더구나 노승이 말하기를,
　"이미 사미수준을 스스로 마쳤고, 돌아오면 삭발 즉시 해인 강원을 보낼테니 큰 공부를 하고 아주 수계를 받고 오게."
　하고 작정하는 바람에 정말 입산을 할 것인지 말 것인지를 두고, 작은 번뇌도 염두에 두지 않는 평소 여행관습과는 달리 그것이 줄곧 번민의 뿌리로 작용하는 것이었다.

다시 아까 이야기로 돌려, 나의 좌석번호는 10을 제하면 7과 8의 숫자만 남았다. 나는 7보다는 8숫자를 선호했다.

그래서 18번 좌석에 앉을 때는 10을 제하고 8숫자만을 생각했고, 17번 좌석에 앉을 때는 10을 제하지 않고 보이는 숫자 그대로, 17을 1과 7로 따로 개념을 부여하고 1 + 7 = 8로 해석하고 그 자리에 앉았다. 그러나 18에서는 1과 8을 각각 개념부여를 하지 않고 10자체를 한꺼번에 떼어버렸다.

그것은 어제 열차에서 사내를 두고 설법했던 스님의 '일체유심조一切唯心造'와 같은 개념이다. 열차는 길게 기적을 한번 울리고 S시에 도착할 때까지 한 번도 기적을 울리지 않았다. 다만 가벼운 흔들림과 광궤를 달리는 속도감 속에 레일을 구르는 소리는 끊임없이 들려왔다.

중앙지 아침신문 하나를 사서 펼쳤다. 사회면 머리에 목숨을 걸고 싸우는 부처들의 사진이 장식되어 있었다. 부처 성 주변에 42개 중대 3천여 명의 경찰력이 배치되고 사태확산을 막았다고 했다. 부처 성 안으로 끌려들어간 부처와 관계자가 여섯 명이나 되고 병원으로 후송된 부처도 있다고 한다. 부처싸움 사건은 사설지면에도 '보고 싶은 불교계의 화합'이라는 제하로 실려 있었다. 불교계의 화합은 자신들의 종교를 불문하고 세인들이 간절하게 바라는 것이다.

종래 내린 가랑비가 조금 굵어진 보슬비로 변하면서 빗방울이 유리창에 부닥치며 대각선의 무늬를 그었다. 그 무늬들은 전체적으로 토기빗살무늬가 되었다. 그것들은 거의 일정한 방향이었다. 속도가 빨라지거나 흔들릴 때 부닥친 빗물들은 대각선이 아닌 평행선으로 아주 잘게 흘렀다. 그러나 바람에 곧 흔적이 사라지기도 했고 다시 부닥친 빗물무늬가 生生, 滅滅을 끊임없이 반복했다.

비는 더욱 세차지기 시작했다. 굵은 빗방울들이 열차가 달리는 반대편 유리면 하단모서리 쪽으로 긴 꼬리를 그리며 흘렀다.

물기의 포막이 높고 낮음에 따라 지그재그로 흘러내렸다. 거기엔 속도가 있었다.

그 모습은 정자무리가 자궁난소의 난자를 향해 맹렬히 가는 모습과 흡사했다. 빗방울은 시골 역을 질주할 때쯤 역 마당 경계수목건너 수확이 끝난 과수원나무마다 과일을 싸맸던 봉지들이 희끗희끗 보였다. 찻잔에 넘쳐버린 쓸모없는 물처럼 추수를 기다리는 평야의 가득한 벼들에게는 쓸모없는 가을비였다.

'淨化'가 순조롭게 끝났는지 부처 성 전쟁이야기는 다시없었다. 제 30대 총무원장 선거가 무리 없이 진행되었다. 새롭게 총무원수장이 된 부처 성 원장의 각오의 글이 이렇게 발표되었다.

'종단의 본분을 되찾아 화합의 교단을 만드는 것이 첫 번째 목표라는 것과, 잿빛승복 하나만 걸쳐도 세상 모든 걸 얻은 양 당당했던 초발심의 기개를 되살리겠다.'는 내용에 덧붙여 '신앙과 삶'이라는 관련기사를 본 것은 암자로 돌아 온 뒤, 법당마당 아름드리은행나무 노란낙엽이 첫서리를 맞고 우수수 떨어지던 날이었다.

암자로 돌아오자 노승은 변명의 여지를 주지 않았다. 이미 당장 내가 입을 잿빛승복 두벌과 내복 등을 준비하여 새로 마련한 바랑 속에 넣어두었다. 그리고 목욕재개를 시키더니 대웅전으로 끌고 들어가, 손수 삭발염의를 하고 법의를 입혀 불佛, 법法, 승僧, 삼보귀의三寶歸依 의례를 치루고서는 일필휘호로 법명法名을 쓴 법명지法名紙를 내밀었다.

曰, 佛頂沙門 法名 錦松 (왈, 불정사문 법명 금송)

須遠離惡友 수원리악우
親近賢善 친근현선

大者爲兄 대자위형

小者爲第 소자위제

黨有諍者 당위쟁자

兩說和合 양설화합

財色之禍 재색지화

甚於毒蛇 심어독사

省己知非 성기지비

常須遠離 상수원리

見財色必須正念對之 견재색필수절념대지

害身之機無過女色 해신지기무과여색

喪道之本 莫及貨財 상도지본막급화재

眼覩女色 女見虎蛇 안도여색여견호사

身臨金玉 等視木石 신임금옥등시목석

上元 甲子 陰 10月 恩師 一鳳(은사일봉)

그리고 자못 은사로서의 위엄을 갖추고 다시 일렀다.

"자, 해인으로 떠나거라. 내일이 입방마감이다."

"……."

"해인강원에는 젊은 승니들이 모여든다. 수행중인만큼 파벌
에 동참하지 말고, 후일 종단이 시끄러워도 淨化목탁을 들지도

말라. 오직 강원에 매진하고 좌선으로 용맹정진하고 오너라.
너의 속복俗服은 곧 바로 불태우마."

"……."

*

길을 떠났다. 뒤돌아 본 절간 푸른 솔숲에 나의 속복俗服을
태우는 연기한 자락이 장대처럼 올곧게 피어오르고 있었다.